日日好日，步步清风

林清玄给少年的散文

林清玄/著 钟蕾/选编

全国百佳图书出版单位
 化学工业出版社
·北京·

本书由台北九歌出版社有限公司授权出版

图书在版编目（CIP）数据

林清玄给少年的散文. 日日好日，步步清风 / 林清玄著. —北京：化学工业出版社，2021.6（2024.11重印）
ISBN 978-7-122-39009-7

Ⅰ. ①林… Ⅱ. ①林… Ⅲ. ①散文集-中国-当代 Ⅳ. ①I267

中国版本图书馆CIP数据核字（2021）第076088号

出 品 人：李岩松　　责任编辑：笪许燕　　版权编辑：金美英
营销编辑：龚　娟　郑　芳　　责任校对：李　爽　　装帧设计：王　婧

出版发行：化学工业出版社（北京市东城区青年湖南街 13 号　邮政编码 100011）
印　　装：三河市双峰印刷装订有限公司
880mm × 1230mm　1/32　印张 9　字数 80 千字　2024 年11月北京第 1 版第 4 次印刷

购书咨询：010-64518888　　售后服务：010-64518899
网　　址：http://www.cip.com.cn
凡购买本书，如有缺损质量问题，本社销售中心负责调换。

定　价：39.80 元　

无尽意 · 无尽藏

——致我最敬爱的父亲

那天傍晚，父亲和往常一样亲自载我去桃园机场，不同的是，当天父亲的话特别少，他只一路紧紧握着我的手，一直到出境前也舍不得放开。我笑着抱抱他，请他放心，允诺我一定会好好学习，并把所学和他分享。拥抱过后他温柔地望着我，眼白却逐渐转红，那是我生平第一次见父亲流泪，也是最后一次。我跟着哭了起来，却一边笑着："我很快就会回来陪你们了呀！你不要让我舍不得走。"父亲拍了拍我的肩："小姑娘，要好好照顾自己！谢谢你给爸爸买的新台灯，等你回来，又有新的文章可以读了。"我们俩又紧拥彼此。转身离去后，看着家人的身影越来越小，早已习惯一个人旅行的我，那天却一点儿也提不起劲来。

父亲向来是我冬日的阳光，温暖至极。自有记忆以来，他就是我生命中最温暖的存在，每一个拥抱里面的爱都足以感动整片山林。父母亲从小教育我们的方式，便是每天道早午晚安时拥抱、轻声说句我爱你，这样饱满的爱，至今仍影响着我。此时心里莫名涌上一股酸意："我的人生才不要有别离，尤其是与我最爱的家人。"下机后我提着行李上了车，接到哥哥的电话，他语带哽咽，我还打趣着说是不是太想我了，叫他别担心，我很平安。“爸爸过世了。”他颤抖着，那夜的空气好稀薄，如今忆起还是喘不过气来。

很小的时候，父亲每天睡前都会在昏暗的床头为我和哥哥说一篇篇的床边故事，往往对故事的完整性感到不满足，于是开始每天写新的故事送给我们，说着说着，一年过去，感动又发人深省的寓言故事系列油然而生。我知道，倘若父亲没有丰沛的爱及温柔，是不足以持续坚持的。也因如此，在我们小小的心灵埋下无数良善的种子，是我童年最珍贵而美好的秘藏。家中的每个角落父亲都会摆满一整排书，厨房的咖啡机旁、浴室梳理台前、客厅桌上、卧室的床头甚或家里的每盏台灯底下，走到哪坐下都有书，使我和哥哥从小养成阅读的习惯，懂得独处，也能在嘈杂的环境下借文字静心，排遣寂寞，从中体会单纯的幸福。

假日父亲会带我们去溪边散步、爬山。儿时的游戏是清晨上阳明山，找一块大石落足，通常我们会带着简单的食粮和几本笔记本，爸爸会出一道题目给我和哥哥，《在云上》《秋》《相思树》，等等，我们要在日落前寄情于父亲提供的事物，表达自身的情感，形式不拘，可以是诗，可以是散文或绘画。太阳沉落山头的时候，我们会在回家途中讨论。父亲从未说过好与不好，只是说着哪边的刻画能再细腻些，哪些传递得过于强烈，让我们自己从中寻找平衡，训练我们能将思绪、心和手连成一线，将来在生活中面对一切事物都能更从容地思考，也能带着求好的心把事情做好。一直到今天，我还是会随身携带一本笔记本，随手把周遭的事物和当下的情绪记录下来，戏剧杂记、光影写生、日常生活等，即便记忆流入时间里，那些故事和细节却能真真切切地被留下来。

父亲曾说，在他们那个年代，连买一张车票都好困难，但他依旧向往远行，接着他让文学变成自己的双翼，靠着文学走向远方、走向世界。他总说，我们要走向世界，再把世界带回家。十六岁的时候，我只身前往美国旅行，在加州看夕阳的时候哭了，打了通视讯给他和母亲，一边流着泪说想家，想和他们一起看晚霞，一边纠结地说自己这些天独处时都没有好好创作，感觉在快乐的同时没有好好记录一切，对不起自己和他们。父亲听完大笑了好久，说："快拾起眼泪！小姑娘，你还年轻呀！"接着他和母亲把我逗笑了以后告诉我："十六岁时，你要抓住生活的点；二十岁时，你要画出思想的线；三十岁时，你要铺设生命的面。之后，你要创造影响世界的全面的体。创作就是生活的呼吸，常常调息，养成自己的节奏，就永远不会忘记了。你有天赋的才华，有饱满的爱，这是你最大的资产。"那天我沿岸走着，泪也停了，蹲坐下来，和他们一起欣赏落日。那刻起我了解到自己最需要的是拥有活在当下的能力，好好生活，才是追寻快乐最好的方法。他总说当下是最单纯且最微小的时间单位，一个小时六十分钟，一分钟六十秒，一秒钟六十个刹那，一刹那六十个当下。我们要"倾宇宙之力，活在当下”。过了好多年，我还是每天起床后提醒自己，今天一样要带着爱和勇气活在当下，这么一来，突如其来的挑战也能迎刃而解，能够生活在生活里，在平凡中创造不凡。

刚离开家乡的时候，父亲送了我几本他经典的著作，说等我到了纽约，想念他的时候就到书里找他。没有人料想得到所爱的人能离开得如此突然，无常是父亲留给我的最后一门功课，他让我在无常中学会如何紧拥自己和自己所爱的一切，学会承担与放下，在逆境中快乐，并给予人快乐，让所有坦然成了自然。随着流年转换，我体会到了人生不可能没有离别，思念和悲伤也不会停歇，但如果能从中寻找意义，一切便值得了。

我知道我思念父亲的时候能够到书里找他，也能寻找自己的影子；我知道我还有一双翅膀，从今以后要带着父亲的精神在苍穹翱翔。对我来说，父亲的生命不仅仅只有六十五岁，他写过的文章都是他留下来的生命，它们可以流传好几个六十年、六百年，甚至到更长久的未来。他的文学跨越时空与距离，让所有人在想念他的时候，随时可以与他相见。

希望所有读者都能把自己热爱的事物化为一双翅膀，和我父亲一样，持续做一个深情且浪漫的人。

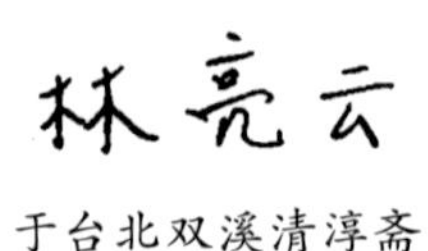

于台北双溪清淳斋

编者小记

“一叶落而知天下秋”，林清玄先生将东方审美意趣和佛家的哲学情怀融为一体，以清丽的笔墨、醇厚的情感，让我们从一个字中看到个人生命与万有空间的庄严，由一朵花领略整个春天的美丽与自然浩渺的气息，以一角日光感受宇宙的温暖、辉煌与苍茫。

本丛书共三册，《不雨花落，无风絮飞》集合了作者对自然的理性认识。作者关注世界，关注自然，发掘其中的哲理禅趣，注入了博大的悲悯情怀，香花水月、雨雪风云，天地有大美，宇宙有宏境。《日日好日，步步清风》主要围绕作者对生活的感悟体验展开。我们将同作者一道，深刻认识生命里的“常”与“变”，并生起悯恕之心，对生命的恒常有祝福之念，对生命的变化有宽容之心。《聪者观雪，智者见白》在对历史的追寻、周边事物的审视中展现了作者对生命的智性哲思。春夏秋冬的岁月中，冷暖炎凉的人生里，作者的文字让我们微笑着看岁月往事一点点淡去，在跌宕起伏的人生中，保有温和与优雅。

林清玄先生的散文超然尘俗，又回归世间，在眼前与回忆中的人物、景物间自由行走，在现实场景和历史事件间来去自如，以散文的笔法和诗的意境，对自然万物予以体察领悟，对社会问题加以审视反思，对理想人格进行书写呼告，在都市的车水马龙、高楼大厦之间，秉持着对希望的期待，对美好的憧憬，表达了自我的生命哲学和生存价值观念，通过“生活的经验”寻找“心灵的故乡”，探索“精神的家园”。

目 录

以柔软心除挂碍 | 79

以欢喜心过生活

在这坚硬的世界里，所有见闻者，皆生欢喜心，清净、柔和、平常，若每一刻都活得欢喜，未来定是欢喜的。

心眼同时，会心一笑

尽说拈花微笑是，

不知将底辨宗风；

若言心眼同时证，

未免朦胧在梦中。

——**白云守端禅师**

禅的起源有一个美丽的说法，经典上说：“世尊在灵山会上，拈花示众，是时众皆默然，唯迦叶尊者破颜微笑，世尊曰：我有正法眼藏，涅槃妙心，实相

无相，微妙法门，不立文字，教外别传，付嘱摩诃迦叶。”短短六十余个字，给我们美丽非凡的联想，禅的开始就是这么多了，除了这些，世尊没有再交什么给迦叶了。

我每次想到禅的开始，就好像自己要拈花、又要微笑的样子，心里有着细致的欢喜。直到有一天，我正喝茶的时候品味这段话，突然生起两个想法：

一是，当释迦牟尼佛拈花的时候，幸好有迦叶尊者适时微笑，万一佛陀拈花的时候，灵山会上那么多的菩萨竟没有一个人微笑，这世界就没有禅了。

二是，万一佛陀拈花时，迦叶还来不及微笑，在场的菩萨同时哄堂大笑，那么，这世界也就没有禅了。

因此，“拈花微笑”四个字是多么美。一个是拈花，那样优雅；一个是微笑，那么沉静。两者都有着多么温柔的态度和多么庄严的表情呀！

“拈花微笑”使我想到，佛陀早就想要拈花，而迦叶也早就准备好微笑了，然后，在适当的场地，适当的时间，佛陀的拈花与迦叶的微笑，才使得禅有一种美好的开端。

现在，佛早就离开这个世界，留存在世界的是山河大地还有无数的众生，如果依佛所说，山河大地与六道众生都与如来无异。

我们可以这样说，山河大地与我们所遇到的一切众生，无时无刻都在对我们拈花，只可惜我们不知道在适当的时间里微笑罢了。

我觉得，一个人想要进入禅的世界，一定有对世界微笑的准备，这种微笑，是生活的会心。因为，禅不应该有勉力而为的态度，一个人要得到禅，是要进入自然之道，有一种美好安定的心，等待心性开启的一刹那，就好像一朵花等待春天。

禅是一种直观的开悟，而不是推论的知识。禅的智慧与一般知识最大的不同，是知识里使用眼睛与意识过多，常使宇宙的本体流于零碎的片段；禅的智慧是非常主观的，是心与眼睛处在统一状态的整体。

以一朵花为例，没有会心的人看花，会立即想到这花是玫瑰花，颜色是红色，要剪下插在那里才好看，或者要把它送给别人，我是主，花是客，很难真正知道或疼惜一朵花，对待一朵花，我们多的是理性客观的态度。现在，我们把这种态度翻转，使它进入一种感性主观的风格，我就是花，花就是我，我的存在就像一朵花开在世界，我的离去，就好像花朵的凋落一般，我们只是生命的表象，那么，生命的真实何在？这就是智慧者的看花之道。与人相处，与因缘会面，如果我们也有像看花一样的主观与感性，我们的“会心”就使我们容易有悟。

在禅里有这样的故事：

有一个人走在路上，突然听见一阵凄哀的哭声，走过去一看，原来是一只朝生暮死的小虫在那里哀号。

他就问：“你为什么哭？”

小虫说：“我的太太死了，我下半辈子不知道要怎么过？”

那个人不禁哑然失笑，因为那时已过了中午，小

虫再过半天就要死了，不过，他立即悟到，小虫的半天与我们的半生，在感受上，一样漫长；在实相上，一样短暂！

民国初年的高僧来果禅师，有一次在禅定中突然听到一阵哭喊，他步下禅床，寻声而往，看到一只跳蚤从床上跌下来，摔断了脚，正在那里哀号。那时他知道了：跳蚤的喜怒与人无异，而人如果只有生命的表相，又和跳蚤有什么不同呢？

我们在生活中，一切都是现成的，就在我们的眼前，可是常常被我们变成名相，如果能转回原来的面目，禅心就显露了。

曾经有一位僧人问法眼文益禅师："要如何披露自己，才能与道相合？"

法眼回答说："你何时披露了自己，而与道不相合呢？"

我们在对境时常发生两种情况：一种是对境界的漠然，以至于无感；一种是处处着相，以致为境所迁累。我们应该时时保有会心的一笑，心眼同时的直观，然后在感性的风格里超越。

法眼文益有一首美丽的诗：

幽鸟语如簧，柳摇金线长。
云归山谷静，风送杏花香。
永日萧然坐，澄心万虑忘。
欲言言不及，林下好商量。

在生活的会心里，我们时常做好一笑的准备，会使我们身心自在，处在一种开朗的景况，也使我们的心为之清澄，那么，不可思议的一悟就准备好了，只等待那闪电的一击。

手中的弓箭，离弦射出的时候，早已在眼中看到天空飞行的雕随箭而落。这是神射手的境界。

闭着眼睛在阴雨的黑夜，知道月亮或圆或缺并不失去，在好天气时，果然看到月的所在和月的光芒，这是明眼人的境界。

当法眼说："看万法不用肉眼，而是透过真如之眼，即法眼道眼。道眼不通，是被肉眼阻碍了。"使我们知道禅师是心眼合一的神射手！是处处都有会心的明眼人！

因此，拈花的时候，微笑吧！不拈花的时候，准备好微笑吧！

调好生命的琴弦

释迦牟尼佛在经过了苦行之后出山的时候，说过：“中道是最重要的。”苦行并不能证得最后的解脱。

所谓中道，就是以一种舒坦的态度来生活，来学佛，就好像调琴弦一样。

《四十二章经》里记载，释迦牟尼佛告诉一个弟子：弹琴要把琴弦调到刚刚好的地方，不能调得太紧。琴弦太紧，一弹就绷断了；太松，就不能弹出好的音乐。

中道，就是把生命的琴弦调得正好，可以弹出很好的音乐，不会很快地断裂。如果一个人修行修到精神状态绷得很紧，一弹就断裂，一定是有问题；修行修到很放松，仿佛不知道修行是什么，也有问题。

不要正经八百、板着脸孔过日子。烦恼是因人而异的。一旦陷入烦恼中，越是板着脸孔，烦恼越是加重，不会减轻。倘使以坦然的态度面对烦恼，烦恼就减轻了。

向寒暑处去

世人休说路行难，

鸟道羊肠咫尺间；

珍重苎谿谿畔水，

汝归沧海我归山。

——保福清谿禅师

最近正逢一年一度的考季，我有一些亲戚朋友的孩子也在应考，大家都不免心情忐忑。一方面抱怨天气实在太热，联考最好改在春秋两季举行，气候适

宜，免得苦了考生又苦了家长。另一方面担心自己的孩子考不上，不知道如何面对打击，甚至是不是可以承受这种打击。

我觉得联考在什么时间举行其实都是一样的，因为全体考生都在该时间应考，非常公平。而季节也没有什么好坏之分，古代大肆宰杀牛羊祭祀天地都是在春天，处死犯人的“秋决”则是在秋季，春秋两季也不见得都是好的。

至于考不考得上大学，并不能决定人生的方向，每年落榜的人数总是超过上榜的人数，大部分的孩子在事前都有这种认知，因此也可以度过落榜的煎熬。

在长远的人生道途上，一时的失败不一定是真失败，那是由于人生有许多变数，不是一时两季就能断定。换个方式说，有许多家长害怕自己的子女在台湾长大要面对升学联考的压力，因此移民到国外，但是，不论走遍天涯海角，比联考更重大的人生考验多的是！

这使我想起在《碧岩录》里的一则禅公案：

僧问洞山："寒暑到来，如何回避？"（寒冷和酷暑到来的时候，要怎样去回避？）

洞山说："何不向无寒暑处去？"（那为什么不去没有寒冷和酷暑的地方呢？）

僧云："如何是无寒暑处？"（如何才能去没有寒冷和酷暑的地方？）

洞山说："寒时寒杀阇黎，热时热杀阇黎！"（冷时冷死你，热时热死你，那就是没有寒暑的地方！）

我喜欢这个公案，因为它表达了极为丰富的人生情境。在我们生活的自然现象里，寒冷与酷暑都是使我们感觉痛苦，违背我们心意，人人都想回避的。可是寒冷与酷暑实际上是对自然的运作有帮助，没有寒冷的凋敝与休息，春天就不可能萌发；若没有酷暑，就没有坚实的秋收了。

自然界的寒冷与酷暑，在人生中的象征则是各种痛苦、困境与考验。人活着而有痛苦、困境与考验，根本是无可回避的现实，有如自然之有寒暑，与其憎恨寒暑，回避寒暑，还不如去面对它，知道寒暑是自然的一体。

近代禅学大师铃木大拙，有一次遇到一位对东方哲学很有研究的瑞士籍教授，谈到禅心。瑞士教授盛赞中国禅在面对酷暑时用“心静自然凉”“家家有明月清风”，确实是远胜西方人的冷气机呀！铃木大拙不以为然，他说：“我认为发明冷气机本身就是一种禅心。”

“心静自然凉”和“冷气机”都是由面对酷暑而产生的，这种面对是融入了环境的现实，去到一个没有寒冷和酷暑的地方。我们喜与春秋为伍，因此和冬夏生起对立的心；我们渴求无灾无难，事事如意，因此畏怯痛苦、困境与考验。

但寒暑、痛苦、困境与考验都是没有实体的东西，买一部冷暖气机就解决寒暑的问题，同样的，准备好面对痛苦、困境与考验，就可以用“大死一番”的坦然面对人生，然后才可以“大活现成”！联考的失败不会逼人走进绝路，只有回避、畏怯、憎恨自己才会走入绝路。

《正法眼藏》里记载一位盘山禅师，久修不悟，颇为烦恼，有一天独行过街，看到一个人在肉摊前买猪肉，对肉摊老板说："给我切一斤上好的肉。"

肉摊老板听了，两手交叉在胸前说："哪一块不是上好的肉呢？"

盘山禅师听了当下大悟。肉本来就没有好坏、上下，就像有人偏爱吃猪头皮、猪蹄、猪尾巴一样，对他来说，那最低贱的反而是最上等的好肉。

考联考的孩子动辄十数万，哪一个不是上等的好孩子呢？考上了，是我们的好孩子，没考上，也依然是我们的好孩子呀！

现代人的禅

白云迷却旧行踪，

腊月烧山火正红。

忽地慈悲来散发，

冷冰冰处暖烘烘。

——**普明立中成禅师**

存在于这个世界的事物，不管是什么，都会在时代与环境的迁移中改变面貌，即使是禅也不例外。

在历史上，禅就曾经有过几次大的变革，一开始，达摩祖师初到中国的时候，主张“藉教悟宗”，他以《楞伽经》为根本而创立了“二入四行”的宗门教义。他强调打坐，相传他曾在河南嵩山少林寺面壁长达九年之久，号为“壁观婆罗门”，壁观就是“外息诸缘，内心无惴，心如墙壁，可以入道”。达摩以坐禅为务，是佛教禅那静虑的传统，自他以下到五祖弘忍，无不非常重视坐禅。

到了六祖慧能，开展了“教外别传”的观点，摆脱宗教的教条，突破了艰深的教义与阶梯的修行，以当下顿悟为解脱方法。因而他不主张坐禅，而强调“心要”，他说：“道由心悟，岂在坐耶？”六祖慧能的禅法，不只是对佛教的革新，也是对禅法的革新，他的观点衍生出曹洞、云门、法眼、沩仰、临济五宗，基本上是反对枯寂的禅坐，指出禅定只是开悟的手段。

后来传到圭峰宗密，他主张“禅教一致”，宗密先受荷泽宗的禅法，精研《圆觉经》，后来又随澄观学《华严经》，故融会教禅，他曾深入儒学，又主张佛儒一源。他认为“顿悟资于渐修”“师说符于佛意”，所以教与宗乃是一味法。宗密以后，禅宗逐渐与佛教各宗合流，明清时“禅净合一”的修行大盛，于是奋迅直接，大开大合的精神不如从前，禅宗可以说是没落了。

我们从历史上禅宗的革新与变化，可以知道即使是禅这样激扬踔厉、卓越不群的法门也是随着时代在变化的，因于人心不同的需要，禅的修法展现了不同的面目。这使我们知道，古代有古代的修行方法，今人要有今人的修行态度，不可泥古执着、僵化呆板，否则不但修行难以成就，反使修行走向闭门造车之路。

因为，现代人和古代人在生活方式、思想习惯、居住环境、社会结构都已经大有不同了，我们也就无法和古人用相同的方式修行。

我记得宗萨·蒋扬钦哲仁波切曾说到两个有趣的观念，他说：“如果一个纽约人修行，做了一百个大礼拜，几乎和在尼泊尔修行的人做十万个大礼拜，功德是一样的。因为有些纽约人一天要工作十二小时，甚至十八小时，他非常努力才能在生活中找到一点点时间修行，对他们来说，他们才知道什么是真的时间，什么是佛法的真价值。”

他又说：“佛陀在世的时候，如果一个和尚把比丘二百五十条戒律都守得住，和现代的一个和尚只守得住一条戒，他们的功德是一样的。因为在佛陀的时代外界的引诱少得多，当外界没有引诱的时候，要守戒当然是很容易。”

这虽是对密法的开示，禅法也应如此，现代禅者居住在烟尘滚滚的城市，要在车阵噪音中来去，在环境污染、社会混乱、人心败坏之中还要保持禅心，的确是比古人要艰难得多。所以，现代人需要现代禅法。今日之禅必要与今日社会一起脉动，正如古代之禅在古代社会一样。

现代人由于没有时间像古人每天花几小时来深入禅定，因此要养成行住坐卧都把握禅定的心；现代人难以有出世的环境（即使是现代的出家人也比古代出家人忙得多了），因此要在有人处修行，要出世入世兼顾，养成胸怀天下的习惯；现代人身心压力大，烦恼多，因此要讲究禅定的效应，不离清净智；现代人的资讯丰富、环境复杂，因此要充分运用时间修行……

我们可以列出至少一百条现代人与古代人不同的情况，简而言之，现代人因于高度发展的科学技术，受制于复杂的政治经济体制、家庭社会的变迁等等，已经变得支离破碎，逐渐失去了生命深处尽情悲哀和尽情欢乐的能力，失去了与自然界的联系，失去了统一与和谐的心。

这些，用古代禅师“吃茶去”“洗钵去”“如何是祖师西来意”都难以挽救，甚至棒喝也不行了，那么如何更明确地建立现代禅修观念，才是使禅生生不息的方法。

我在文前引的诗偈是立中成禅师看到腊月火烧山写下的偈，可以用来看现代修行者的处境，比起古人，修行益为艰困，正如白云找不到旧的行踪，是在腊月冷冰冰处要烧得暖烘烘一般。但愿在现代修行的人都能认识到法与时代的关系，不拘泥于法，透过真诚的、敏锐的实践，为日后还要更分崩离析、支离破碎的现代人，找出一条修行之路。

如果没有明天

不是风兮不是幡，

白云尽处是青山；

可怜无限英雄汉，

开眼堂堂入死关。

——**华藏善净禅师**

我到一个朋友家里，看见他书房的架子上摆了十几册精装的日记本，立时令我肃然起敬，我一向赞佩那些有毅力和恒心写日记的人，于是对朋友赞美说：

“没想到你写了十几年日记呀！”

他很害羞地笑着说：“这么多的日记本，没有一本写超过七天的！”

“怎么会呢？”

朋友告诉我，他在少年时代读一些伟人传记，发现许多伟大人物都有写日记的习惯，他便在心里想：虽然不一定成为伟大人物，也要养成写日记的习惯。因此到书局去挑一本印刷精美的日记，写将起来，第一年只写了七天，就没有再往下写了。

原因呢？

朋友说：“说太忙，实在是一种借口。其实，是觉得生活这样单调、空洞、乏味，每天都在重复着，到底还有什么好写呢？从前不写日记，不知道生活如此单调，开始写日记时才发现了。”

第一年没有写成日记的朋友，内心非常懊悔，因而发誓第二年再买一本来写，第二年只写了五天，后来每况愈下，最近这几年，一到过年的时候，到书店去买一本精装的日记，聊表纪念，摆在书架上，偶尔看起来，想到从前也曾是一个立志想写日记的人。

告辞朋友出来，走在严冬寒冷的夜街上，使我非常感慨，如果没有明天，觉得生活单调、空洞、乏味的恐怕不只是我的朋友吧！特别是生活在都市，忙碌旋转着的人，我们每天打开行程表几乎都排得满满的，到东边转转，西边转转，等到转回家时，通常是筋疲力尽，没有深思的力气了，随着外在事物转动着的人，如何能看到生活的不同呢？

其实，日子怎么会每天一样？我们今天比昨天成长一些，今天比昨天更接近死亡一步，今天比昨天多看了一天的世界，怎么会一样？世界也是日日不同的，有时会有飞机撞山，有时会有坦克车压人，有时地震灾变，有时冰雪凌人，甚至就在短短的几天，有几个政府就被推翻而改变了，日子怎么会一样呢？

感到日子没有变化，可能是来自生活的不能专注、不肯承担，因此就会失去对今天、甚至当时当刻的把握了，可悲的是，不能专注把握此刻的人，也肯定是不能把握将来的。

有一次，我在市场买甘蔗，卖甘蔗的人看来是充满智慧的人，他边削甘蔗边对我说："这个世界什么事情都可能发生，光说一个死好了，我这把年纪亲眼看见的就有很多大家觉得不可能的事，我看见过人笑死的，狂欢大笑，下一声笑不上来，就断气了。我也看过人哭死的，躺在地上哭，哭着哭着没声音了，伸手去摸，心脏已经停了。我看过打麻将自摸死的，也看过打麻将被别人和了气死的……"

老人说得起劲，旁边的人听得都笑了，他突然严肃地说："不要笑，人生的变化是莫测的，各位看我在这里削甘蔗，说说笑笑，说不定今天晚上我回家躺下来睡觉，明天就起不来了。"

人群里突然冒出一个声音："既然不知道明天能不能起来，今天又何必来卖甘蔗呢？"

"呀！少年家，你没听人说过'一日不作，一日不食'吗？就是明知明天不能再活在这个世间，今天也要好好地削甘蔗，如果没有明天，难道我们就要躺着等死吗？"

这段话说得让人肃然起敬，只有今天能专注、努力、好好削甘蔗的人，才能尝到生命中真实的甜蜜吧！写日记也是如此，它是在训练培养我们对此时此地的注视，若不是这样深入的注视，日记只是语言的陈述，有什么意思呢？

有一位和尚去问赵州禅师：“师父，什么是你最重要的一句格言？”

赵州说：“我连半句格言也没有，不要说一句了。”

和尚又问：“你不是在这里做方丈吗？”

赵州立刻说：“是呀！做方丈的是我，不是格言。”

这使我们体会真正的生命风格，是对现今的专注，而不是去描述它。

有一位和尚去问百丈怀海禅师：“师父，世界上最奇妙的事是什么？”

百丈说：“那就是我独坐在大雄峰上。”真的很奇妙，每个人都独坐在大雄峰上，只是很少人看见或体验这种奇妙。

如果我在这世上没有明天，这是禅者的用心，一个人唯有放下现在心、过去心、未来心，才会有真切的承担呀！

保持活力，充满热能
——《热气球上升》的心情

1

住在乡下的时候，我习惯于清晨在林间散步。

时常会发现散落在林间地上的昆虫尸体，特别是飞蛾和金龟子的尸体，总会掉落在路灯杆的四周，想必是昨夜猛烈扑火的结果。

飞蛾有着色彩斑斓的双翅，金龟子则闪着翠绿的荧光，在灰色的泥土地上令人心惊：生命是如此短暂脆弱，经过一场火祭就结束了。

“这样猛烈地扑火，甚至丧失生命，既没有奖赏，又没有欢乐，为什么它们要这样世世代代地扑火呢？”我一想到这里，就忍不住感到悲悯。

山上有一位热心的老人，每天清晨义务来清扫林间的小路，他告诉我：每日扫起的飞蛾和金龟子的尸体有一畚箕，他把尸体都埋在凤凰树下，使凤凰花年年都开出火红的花。

除了昆虫，老人说：“每天还会扫到几只蝙蝠哩！”

“地上怎么会有蝙蝠呢？”

“还不是撞到树吗！蝙蝠夜里出来捕食蛾蚊，用声波辨路，偶有出错的时候，就撞树了！”

老人十分感慨地说：“飞舞于林间的蝙蝠，时时刻刻都在避免撞到树，却偶尔会不小心撞树。同样在林间飞舞的彩蛾，却一再去扑火，直到丧命为止。眼盲的蝙蝠是多么小心翼翼，眼明的飞蛾又是多么的肆无忌惮呀！”

“如果蝙蝠眼亮一些，飞蛾青盲一些，那该有多好！”老人说。

2

我沿着老人扫过的山路回家，路上还有新扫的竹扫帚的痕迹，林间的空气散放出花草的芳香。

我想到，晚一点走这条路的人，一定不能想到，就是刚刚，地上还有许多色彩斑斓的飞蛾，还有许多金光闪闪的金龟子，为某一种不可知、不可理解的信念，撞死在林间。

或者，也有一两只不小心撞落的蝙蝠。

蝙蝠天生有弱视的盲点，使它偶然逢到生命的灾难。

飞蛾天生有扑火的习性，使它必然扑向火焚的结局。

在偶然与必然之间，生命是这样令人叹息！如果，蝙蝠的眼睛像飞蛾那么亮，而飞蛾的习性像蝙蝠那么小心，该有多好呢！

生活在天地间的人，幸而不是蝙蝠，也不是飞蛾，但也免不了有撞树的盲点与扑火的执着，总是要经过很多次的碰撞与燃烧，才能睁开眼睛、小心戒慎。

我们思考蝙蝠撞树和飞蛾扑火的道理，才会发现那些还在撞树和扑火的人，是多么可悯。

3

到了山下，我坐在一个大石上休息，远望着环抱我的山林，觉得一个人要保有一些澄明与宽容的心情，来观照世间的现象才好。

这些年，我的心情也常常走到山下，走到飞扬着尘土的人间，那是我深信，一个人出离世间做自我的完成，还不如与人世的因缘一起完成；而世间的不公平、不公义的改革，与普度众生的思想，在精神上是相呼应的。

也是怀抱着这种心情，我写下了“无尽意系列”，这是第三本，取名为《热气球上升》，象征着一个人活在世间应该保持活力，充满热能与梦想，去触及那更高的巅峰。如果热情失去了，气球也就坠落了。

下午喝茶的时候，看着春天里璀璨的阳光，我还在想，如果蝙蝠和飞蛾都愿意在阳光下飞翔就好了。

白雪少年

小学时代使用的一本中文字典，被母亲细心地保存了十几年，最近才从母亲的红木书柜里找到。那本字典被小时候粗心的手指扯掉了许多页，大概是拿去折纸船或飞机了，现在怎么回想都记不起来，由于有那样的残缺，更使我感觉到一种任性的温暖。

更惊奇的发现是，在翻阅这本字典时，找到一张已经变了颜色的“白雪公主泡泡糖”的包装纸。那是一张长条的鲜黄色纸，上面用细线印了一个白雪公主的面相，于今看起来，公主的图样已经有一点粗糙简陋了。至于如何会将白雪公主泡泡糖的包装纸夹在字典里，更是无从回忆。

到底是在上语文课时偷偷吃泡泡糖夹进去的？是夜晚在家里温书吃泡泡糖夹进去的？还是有意保存了这张包装纸呢？翻遍字典也找不到答案。记忆仿佛自时空遁去，渺无痕迹了。

唯一记得的倒是那一种旧时乡间十分流行的泡泡糖，是粉红色长方形、十分粗大的一块，一块五毛钱。对于长在乡间的小孩子，那时的五毛钱非常昂贵，是两天的零用钱，常常要咬紧牙根才买来一块，一嚼就是一整天，吃饭的时候把它吐在玻璃纸上包起，等吃过饭再放到口里嚼。

父亲看到我们那么不舍得一块泡泡糖，常常生气地说："那泡泡糖是用脚踏车坏掉的轮胎做成的，还嚼得那么带劲！"记得我还傻气地问过父亲："是用脚踏车轮做的？怪不得那么贵！"惹得全家人笑得喷饭。

说是"白雪公主泡泡糖"，应该可以吹出很大气泡的，却不尽然。吃那泡泡糖多少靠运气，能吹出气泡的记得大概五块里才有一块，许多是硬到吹弹不动，更多的是嚼起来不能结成固体，弄得一嘴糖沫，赶紧吐掉，坐着伤心半天。我手里的这一张可能是一块能吹出大气泡的包装纸，否则怎么会小心翼翼地夹做纪念呢？

我小时候并不是很乖巧的那种孩子，常常因为要不到两毛钱的零用就赖在地上打滚，然后一边打滚一边偷看母亲的脸色。直到母亲被我搞烦了，拿到零用钱，我才欢天喜地地跑到街上去，或者就这样跑去买了一个“白雪公主”，然后就嚼到天黑。

长大以后，再也没有在店里看过“白雪公主泡泡糖”，都是细致而包装精美的，一片一片的“口香糖”。每一片都能嚼成形，每一片都能吹出气泡，反而没有像幼年一样能体会到买泡泡糖靠运气的心情。偶尔看到口香糖，还会想起童年，想起嚼“白雪公主”的滋味，但也总是一闪即逝，了无踪迹。直到看到字典中的包装纸，才坐下来顶认真地想起“白雪公主泡泡糖”的种种。

如果现在还有那样的工厂，恐怕不再是用脚踏车轮制造，可能是用飞机轮子了——我这样游戏地想着。

那一本母亲珍藏十几年的字典，薄薄的一本，里面缺页的缺页、涂抹的涂抹，对我已经毫无用处，只剩下纪念的价值。那一张泡泡糖的包装纸，整整齐齐，毫无毁损，却宝藏了一段十分快乐的记忆，使我想起真如白雪一样无瑕的少年岁月，因为它那样白，那样纯净，几乎所有的事物都可以涵容。

那些岁月虽在我们的流年中消逝，但借着非常微小的事物，往往一勾就是一大片，仿佛是草原里的小红花，先是看到了那朵红花，然后发现了一整片大草原，红花可能凋落，而草原却成为一个大的背景，我们就在那背景里成长起来。

那朵红花不只是“白雪公主泡泡糖”，可能是深夜里巷底按摩人悠长的笛声，可能是收破铜烂铁老人沙哑的叫声，也可能是夏天里卖冰激凌小贩的喇叭声……

有一回我重读小学时看过的《少年维特的烦恼》，书里就曾夹着用歪扭字体写成的纸片，只有七个字："多么可怜的维特！"其实当时我哪里知道歌德，只是那七个字让我童年伏案的身影整个显露出来，那身影可能和维特是一样纯情的。

有时候我不免后悔童年留下的资料太少，常想："早知道，我不会把所有的笔记簿都卖给收破烂的老人。"可是如果早知道，我就不是纯净如白雪的少年，而是一个多虑的少年了。那么丰富的资料原也不宜留录下来，只宜在记忆里沉潜，在雪泥中找到鸿爪，或者从鸿爪体会那一片雪。

这样想时，我就特别感恩着母亲。因为在我无知的岁月里，她比我更珍视我所拥有过的童年。在她的照相簿里，甚至还有我穿开裆裤的照片。那时的我，只有父母留有记忆，我则是完全茫然了。就像我虽拥有"白雪公主泡泡糖"的包装纸，但那块糖已完全消失，只留下一点甜意——那甜意竟也有赖于母亲爱的保存。

广大的风格

吾视王侯之位，如过隙尘。

视金玉之宝，如瓦砾。

视纨素之服，如敝帛。

视大千界，如一诃子。

视阿耨池水，如涂足油。

视方便门，如化宝聚。

视无上乘，如梦金帛。

视佛道，如眼前华。

视禅定，如须弥柱。

视涅槃，如昼夕寤。

视倒正，如六龙舞。

视平等，如一真地。

视兴化，如四时木。

——四十二章经·佛说

四十二章经是中国最早翻译的佛经，其中的四十一章都是佛陀对弟子的教诲，唯有此章是佛陀的自道，气派宏远、风格高迈，使人仿佛步进星光灿烂波澜壮阔的海洋，佛陀伟大的胸襟与超越的人格如在目前。

这由后汉迦叶摩腾与竺法兰翻译的偈，有如一首优美错落、韵味独特的现代诗。勉强译成白话，意思是：

我看王侯的权位，像飞过门窗缝隙的灰尘。

看金玉宝物，像瓦片石砾一样。

看丝绸锦缎的衣服，像破旧的粗布。

我看三千大千世界，如一个植物的种子。

看阿耨达池的池水，如涂抹脚部的油。

看一切方便的法门，如幻化的宝物聚集。

看最上乘的佛法，如梦里见到的黄金玉帛。

我看佛道，如眼前飘过的花朵。

看禅定，有如须弥山的支柱一样稳固。

看涅槃，就像白天夜晚都同样的清醒。

看凡夫的颠倒与圣人的正见，如六龙飞舞游戏。

看世间一切平等，有如真如法界没有差别的境地。

看一切的兴起化育，就像四季的树木自然变迁。

由这首偈，我们可以看出佛教两个重要的质地，一是广大的风格，二是超越的境界。唯有广大的风格才能看大千世界有如一颗木槐树的种子；唯有超越的境界才能使人不被世俗的价值所拘绊，能穿透权位、金玉、感官，达到真实的境地。

一个有广大的风格的人才能真慈悲，一个有超越境界的人才会有真智慧，广大的风格使我们能包纳多元的世界，超越的境界则令我们有纯净的生命。

佛教虽讲净土，但一个人心中若无净土，十方世界便皆无净土；佛教虽讲出世，但若无世间的锻炼，则出世正是一种人道精神的失落；所以，心中的净土与佛的净土无异，入世与出世应等量齐观。

对于心境澄明的人，世俗之物固如空如幻，出世的寄托何尝不如梦如花呢？入世的事物尚不可执着，出世的境界又何尝可以依托呢？一个人应该回归自心得安宁自在，才能在入世出世间得到圆融的智慧，这是佛陀此偈的真意。

与其说佛教是入世的宗教或出世的宗教，毋宁说佛教是“缘起”的宗教，因为缘起性空，故每一个因缘都是智慧的因缘，不分出世与入世，每一个对象莫不是慈悲的对象，菩萨与众生等无差别。

人生是相对的

关于刀刃与刀柄的另一个观照，就是烦恼即菩提。这方面我以前讲过很多了，在这里换个新的方式来讲。

有一个笑话说从前有五个犹太人，死后都上了天堂。在天堂里，五个人起了争执。他们讨论这个世界上最重要的是什么。

第一个犹太人是摩西，摩西指着自己的头脑说："这个世界上最重要的是理性。"第二个犹太人是耶稣，耶稣指着自己的心说："这个世界上最重要的是爱。"第三个犹太人是马克思，马克思指着自己的胃说："这个世界上最重要的是食物。"第四个犹太人是弗洛伊德，弗洛伊德说："这个世界上最重要的是性。"第五个犹太人是爱因斯坦，爱因斯坦说："你们都错了，这个世界上最重要的就是相对论，所有的事物都是相对的。"

烦恼跟菩提也可以从相对的角度来看。为什么会有烦恼？因为每个人都执着于某些重要的东西。有人执着于爱情，有人执着于金钱，有人执着于名利，有人执着于权位，认为这些都是最重要的。不能满足的时候，就会产生烦恼。烦恼都是因为不足而来。

如果能够看清这些都是相对的，烦恼就可以减轻。

确实，人生是相对的，佛法里也讲世上没有绝对的东西。

就像在一个人非常饥饿的时候给他吃饭，吃饭是很好的，可是如果叫他一天吃八顿，他就会觉得吃饭很可怕。冬天躲在棉被里睡觉是很舒服的事，早上该起床时总希望能继续睡下去；然而如果规定不准起床，睡久了自然会很想起床，因为睡觉不会永远都是好的，睡太多了会觉得睡觉不好，起床才好。

再好的东西，如果永远处在那种好里面，也受不了。永远处在痛苦里面，也受不了。好跟痛苦之间，其实距离是很短的。

路上捡到一粒贝壳

午后在仁爱路上散步。

忽然看见一户人家院子种了一棵高大的面包树，那巨大的叶子有如扇子，一扇扇地垂着，迎着冷风依然翠绿，一如在它热带祖先的雨林中。

我站在围墙外面，对这棵面包树十分感兴趣，那家人的宅院已然老旧，不过在这一带有着一个平房，必然是亿万的富豪了。令我好奇的是这家人似乎非常热爱园艺，院子里有着许多高的树木，园子门侧是两株九重葛往两旁生长而在门顶握手，使那扇厚重的绿门仿佛戴着红与紫两色的帽子。

绿色的门在这一带是十分醒目的。我顾不了礼貌的问题，往门隙中望去，发现除了树木，主人还经营了花圃，各色的花正在盛开，带着颜色在里面吵闹。等我回过神来，退了几步，发现寒风还鼓吹着双颊，才想起，刚刚往门内那一探，误以为真是春天了。

脚下一些裂帛声，原来是踩在一棵面包树的扇面了，叶子大如脸盆，却已裂成四片，我遂兴起了收藏一片面包树叶的想法，找到比较完整的一片拾起。意外，可以说非常意外的发现了，树叶下面有一粒粉红色的贝壳。我把树叶与贝壳拾起，就离开了那个家门口。

但是我已经不能专心地散步了。

冬天的散步，于我原有运动身心的功能，本来在身心上都应该做到无念和无求才好，可惜往往不能如愿。选择固定的路线散步，当然比较易于无念，只是每天遇到的行人不同，不免使我常思索起他们的职业或背景来，幸而城市中都是擦身而过的人，念起念息有如缘起缘灭，走过也就不会挂心了；一旦改变了散步的路线，初开始就会忙碌得不得了，因为新鲜的景物很多，念头也蓬勃，仿佛汽水开瓶一样，气泡兴兴灭灭地冒出来，念头太忙，回家来会使我头痛，好像有某种负担；还有一种情况，是很久没有走的路，又去走一次，发现完全不同了，这不同有几个原因，一个是自己的心境改变了，一个是景观改变了，还有一个重要原因，是季节更迭了。使我知道，这个世界是无常的因缘所集合而成，一切可见、可闻、可触、可尝的事物竟没有永久（或只是较长时间）的实体，一座楼房的拆除与重建只是比浮云飘过的时间长一点，终究也是幻化。

我今天的散步，就是第二种，是旧路新走。

这使我在尚未捡面包树叶与贝壳之前，就发现了不少异状。例如我记得去年的这个时间，安全岛的菩提树叶已经开始换装，粉红色的小叶芽正在抽长，新鲜、清明、美丽动人。今年的春天似乎迟了一些，菩提树的叶子，感觉竟是一叶未落，老得有一点乌黑，使菩提树看起来承受了许多岁月的压力，发现菩提树一直等待春天，使我也有些着急起来。

木棉花也是一样，应该开始落叶了，却尚未落。我知道，像雨降、风吹、叶落、花开、雷鸣、惊蛰都是依时序的缘升起，而今年的春天之缘，为什么比往年来得晚呢？

还看到几处正在赶工的大楼，长得比树快多了，不久前开挖的地基，已经盖到十楼了。从前我们形容春雨来时农田的笋子是“雨后春笋”，都市的楼房生长也是雨后春笋一样。这些大楼的兴建，使这一带的面目完全改观，新开在附近的商店和一家超级啤酒屋，使宁静与翠绿倍受压力。

记忆最深刻的是路过一家新开张的古董店，明亮橱窗最醒目的地方摆了一个巨大的白水晶原矿石，店家把水晶雕成一只一只台湾山猪正被七只狼（或者狗）攻击的样子，为了突出山猪的痛苦，山猪的蹄子与头部都是镶了白银的，咧嘴哀号、状极惊慌。标价自然十分昂贵，我一辈子一定不能储蓄到与那标价相等的金钱。对于把这么美丽而昂贵的巨大水晶（约有桌面那么大），却做了如此血腥而鄙俗的处理，竟使我生出了一丝丝恨意和巨大的怜悯，恨意是由雕刻中的残忍意识而生，怜悯是对于可能把这座水晶买回的富有的人。其实，我们所拥有和喜爱的事物无不是我们心的呈现而已。

如果我有一块如此巨大的水晶，我愿把它雕成一座春天的花园，让它有透明的香气；或者雕成一尊最美丽的观世音菩萨，带着慈悲的微笑，散放清明的光芒；或者雕几个水晶球，让人观想自性的光明；或者什么都不雕，只维持矿石的本来面目。

想了半天才叫了起来，忘记自己一辈子不可能拥有这样的水晶，但这时我知道不能拥有比可以拥有或已经拥有使我更快乐。有许多事物，“没有”其实比“持有”更令人快乐，因为许多的有，是烦恼的根本，而且不断地追求有，会使我们永远徘徊在迷惑与堕落的道路上。幸而我不是太富有，还能知道在人世中觉悟，不致被福报与放纵所蒙蔽；幸而我也不是太忙碌或太贫苦，还能在午后散步，兴趣盎然地看着世界。从污秽的心中呈现出污秽的世界，从清净的心中呈现出清净的世界，人的情况或有不同，若能保有清净的观照，不论贫富，都不能转动他。

看看一个人的念头多么可怕，简直争执得要命，光是看到一块残忍的水晶雕刻，就使我跳跃一大堆念头，甚至走了数百公尺[①]完全忽视眼前的一切。直到心里一个声音对我说了一句话才使我从一大堆纷扰的念头中醒来："那只是一块水晶，山猪或狼只是心的感受，就好像情人眼中的兰花是高洁的爱情，养兰者的眼中兰花总有个价钱，而武侠小说里，兰花常常成为杀手冷酷的标志。其实，兰花，只是兰花。"

从念头惊醒，第一眼就看到面包树，接下来的情景如同上述。拿着树叶与贝壳的我也茫然了。

尤其是那一粒贝壳。

这粒粉红色的贝壳虽然新而完好，但不是百货公司出售的那种经过清洗磨光的贝壳，由于我曾在海边

---

① 1 公尺 =1 米。

住过，可以肯定贝壳是从海岸上捡来不久，还带着海水的气息。奇特的是，海边来的贝壳是如何掉落到仁爱路的红砖道上呢？或者是无心的遗落，例如跑步时从口袋掉出来？或者是有心的遗落，例如情人馈赠而爱情已散？或者是……有太多的或者是，没有一个是肯定的答案。唯一肯定的是，贝壳，终究已离开了它的海边。

人生活在某时某地，真如贝壳偶然落在红砖道上，我们不知道从哪里、为何来到这个世界，然后不能明确说出原因就迁徙到这个城市，或者说是飘零到这陌生之都。

“我为什么来到这世界上？”这句话使我在无数的春天中辗转难眠，答案是渺不可知的，只能说是因缘的和合，而因缘深不可测。

贝壳自海岸来，也是如此。

一粒贝壳，也使我想起在海岸居住的一整个春天，那时我还那么少年，有浓密的黑发，怀抱着爱情的秘密，天天坐在海边沉思。到现在我的头发和爱情都有如退潮的海岸，露出它平滑而不会波动的面目。少年的我还在哪里呢？那个春天我没有拾回一粒贝壳、没有摄过一张照片，如今竟已完全遗失了一样。偶尔再去那个海岸，一样是春天，却感觉自己只是海面上的一个浮沤，一破，就散失了。

世间的变迁与无常是不变的真理，随着因缘的改变而变迁，不会单独存在、不会永远存在，我们的生活有很多时候只是无名的心所映现的影子。因此，我们可以这样说，少年的我是我，因为我是从那里孕育，而少年的我也不是我，因为他已在时空中消失；正如贝壳与海的关系，我们从一粒贝壳可以想到一片海，甚至与海有关的记忆，竟然这粒贝壳是在红砖道上拾到，与海相隔那么遥远！

想到这些，差不多已走到仁爱路的尽头了，我感觉到自己有时像个狂人，时常和自己对话不停，分不清是在说些什么。我忆起父亲生前有一次和我走在台北街头忽然说："台北人好像蛲仔，一天到暗在街仔懒懒胜。"翻成普通话是："台北人好像神经病，一天到晚在街头乱走。”我有时觉得自己是蛲仔之一，幸而我只是念头忙碌，并没有像逛街者听见换季打折一般，因欲望而狂乱奔走；而且我走路也维持了乡下人稳重谦卑的姿势，不像台北那样冲锋陷阵或龙行虎步的人，显得轻躁带着狂性。

尤其我不喜欢台北的冬天，不断的阴雨，包裹着厚衣的人在拥挤的街道，有如撞球台的圆球撞来撞去。春天来就会好些，会多一些颜色、多一点生机，还有一些悠闲的暖气。

回到家把树叶插在花瓶，贝壳放在案前，突然看到桌上的皇历，今天竟是立春了：

“立春：斗指东北为立春，时春气始至，四十之卒始，故名立春也。”

我知道，接下来会有雨水、惊蛰、春分、清明、谷雨，台北的菩提树叶会换新，而木棉与杜鹃会如去年盛开。

左手葫芦右手剑

——与古龙扶醉论武

一个醉人的寒夜。

古龙与我在他家的酒台上醉眼相对。

那时我们已经对眼了两瓶黑牌的强尼走路，是凌晨两点——该“走路”的时候。

我们都不能安稳地走路。

像古龙小说中决战千里的侠客，在偶然间遇到了高手，双方蓄势待发不能发招，我终于悟到他小说高手对招时的不拖泥带水，双方一亮招，便已见了真章。

那一日我最后败在了古龙的酒下，口吐黄箭，不省人事，白日纵酒，夜里且放歌，古龙和他的武侠、他的人一样，果然名不虚传。

／ 纵酒放歌才会过瘾／

古龙说："你应能为你的对手骄傲。"和古龙喝酒真是爽快的事，他的哲学事实是似乎没有浅斟细品这一套，他是要纵酒狂歌才会过瘾的人。他说："浅斟细品最大的通病是废话太多，枝节太多，人物太多，情节也太多。"他的酒可以印证他的武侠。

说穿了，古龙的武侠人物多少是能反映他的为人的。

他屡遭批评。

他几度上法庭。

他从不为他的行为辩驳。

他，就像在《边城浪子》中自断："我天性也许有些狡猾，却一心想成为一个正人君子，有时我做事虽然虚伪，但无论如何，我总是能照着样子做出来。”

酒后有真言，古龙醉酒的时候告诉我，他的生命他的为人和他的武侠所追求的就是“干净利落”四字。

／ 酒香里的豪情／

纵酒的岁月起源很早，收藏酒却是开始于三年前，这时候古龙身边有多余的银两可以买好酒，也达到了可以纵酒，也可以玩赏的境界——这样的境界也不易，有的人只会喝，有的人只会收藏。

仿佛是一种武侠小说中的情况：

在老式武侠小说中，我们常看到侠客进了酒坊，高叫一声：“伙计，来几斤白干，几斤牛肉。”其中自有豪情。

后来，侠客有了贤惠的妻子，有了可爱的下一代，他比较少在酒坊出入，家中有了酒台，好酒盈目，随手可以取来痛饮，在豪情中又有细腻。

古龙收藏酒的这段日子，正是他的小说求新求变的转机，就是“写人类的感情、人性的冲突，由感情的冲突中，制造高潮和动作。”

人的转变多少有一点脉络相承可循，古龙的藏酒和古龙的武侠与他的少年时代相比已经不可同日而语。

古龙的酒多姿多彩，他说：“我的许多名酒，世界名酒典里都还没有。”

他有许多奇形怪状的酒，光是马形的酒就有好几瓶，大炮三尊，马车形的、汽车形的、电话形的、大象形的、小鸟形的、金字塔形的、犀牛形的、字典形的，各式各样的。

这些酒刚开始时他是看中意了就掏腰包，后来朋友们闻之古龙藏酒，发现好酒就为他买来，古龙的好酒就日益增多，每一瓶又代表一段友情。

朋友是古龙生活中最重要的颜色。

古龙说：“朋友就是朋友，绝没有任何事能代替，绝没有任何话能形容——就是世界上所有的玫瑰，再加上世界上所有的花朵，也不能比拟友情的芬芳与美丽。”

／ 最好的酒深藏不露／

如果会喝酒，又有几分激情，可以挂剑断情，无疑的，古龙愿意结交这个朋友。

古龙摆在客厅的“漂亮”的酒，不是他最好的酒，他最好的酒深藏不露。

他说：“最好的酒样子都是最简单的。”

所以，古龙的酒中，价值在港币八千、一万以上的酒，他只是用普通的酒瓶装着。

说到这里，又和武侠相通，武功最高的人不必使剑，光以一束稻草代剑器，就能伤人致死。

古龙小说里的主角也都不是顶漂亮的，他舍弃了武功天下第一、容貌盖世无双的形象而着力写有血有肉的江湖人。他的笔下，傅红雪（《天涯·明月·刀》）是沉默孤独的跛子，孟星魂（《流星·蝴蝶·剑》）是不见天日的刺客，萧石逸（《萧十一郎》）是声名狼藉的大盗，王动（《欢乐英雄》）是四体不勤的懒鬼……他们外表平凡，更显衬出内里的孤高的侠气。

古龙小说里的人物就像他的酒瓶，外表看不出来，开了盖，才嗅到内里的芳香。

王阳明的三传弟子李贽在《焚书》中说："孰谓传奇不可以兴、不可以观、不可以群、不可以怨乎？饮食宴乐之间，起义动慨多矣！"

这似乎是古龙的酒、侠和人的反映。

／二十年写一千万字／

喝酒是古龙的生活。

藏酒是古龙的乐趣。

写武侠小说是古龙的专业。

他写起武侠来，和喝酒、藏酒一样"量"大。

古龙写了二十年武侠小说，写了一千万言以上，所有的毁誉褒贬似乎都不重要。

读者展书而读，自己可以印证他的价值。

采更多雏菊

不可以一朝风月，

昧却万古长空。

不可以万古长空，

不明一朝风月。

——**善能禅师**

有一个八十五岁的年老的女人被问道：“如果你必须再来一次，你要怎么生活？”

那个老妇人说：“如果我能够再活一次，下一次我一定对更少的事情采取严肃的态度，我一定要放松，我一定要使自己更柔软灵活，我一定敢去犯更多的错误，我一定要冒更多的险，我一定要做更多的旅行，我一定要爬更多的山、渡更多的河，我一定要吃更多的冰激凌、吃更少的豆子……”

“我是一个去到每一个地方都要带温度计、热水瓶、雨衣和降落伞的人，如果我可以再来一次，我一定要比这一生携带更轻的装备旅行……”

“我是一个每天、每小时都过得很明智、很理性的人，我只享受过某些片刻。如果我要再来一遍，我一定享受更多的片刻。我一定不要其他什么东西，只要尝试那些片刻，一个接一个，而不要每天都活在未来的几年之后。”

“如果我必须再活一次，我一定要在初春就开始打赤脚，然后一直维持到深秋。我一定要跳更多的舞，我一定要坐更多的旋转木马，我一定要摘更多的雏菊。”

这是印度修行者奥修在《般若心经》里讲的一个

故事，接着他做了这样的评述："尽可能尽兴地去过这个片刻，不要太理智，因为太理智导致不正常。让一些疯狂存在你心里，那会给予你生命的热情，使生活更加充满朝气；让一些无理性一直存在，那会使你能够游戏，使你能够有看游戏的心情，那会帮你放松。一个理智的人完全停留在头脑里，他没有办法从头脑下来，他生活在楼顶上。你要到处都能生活；这是你的家，楼顶上，很好！一楼，非常好！地下室，也很美！我要告诉这个年老的女人：不要等到下一次，因为下一次永远不会来临，因为你会丧失前世的记忆，同样的事情又会再度发生。"

我们在生活里通常会遇到类似的问题："如果你再活一次""如果再从头开始"……大部分人的经验都是充满遗憾的，希望下一生能够弥补（如果真有下一生的话），极乐世界或者天堂正因为这种弥补而得以形成。只有极少数人知道，下一世是渺茫的寄托，不如从此刻做起；这些人使我们知道世界上有更活泼的风景。我就认识好几位到了老年才立志做艺术家的人，我也认识几位七十岁才到小学读补校的老人。

最近，我遇到一位七十五岁的老人，他热爱旅行，他的朋友时常劝阻他，因为担心他会死在路上，他说："死在路上也是很好的事。"不久前，他到大陆旅行，生了一场大病，上吐下泻 ，别人又劝告他，他说："陌生的旅途，总有不可预料的事，在那里生病总比没去过好！"

每次看到这样用心生活在当下的人，都使我有甚深的感悟。

我们的生命是由许多片刻组成的，但是我们容易在青少年时代活在未来，在中老年时代沦陷于过去。真正融入片刻、天真无伪地生活的只有童年时代了。禅者的生活无他，只是保持在片刻的融入罢了。活在当下，活在眼前，活在现成的世界。

因此，我们对生命如果还有未完成的期盼，此刻就要去融入它，不要寄望于渺茫的来生。活在一个又一个的片刻里，到死前都保有向前的姿势。只要完全融入一个纯粹天真的片刻，那也就够了。有很多人活在过去与未来的交错、预期、烦恼之中，从来没有进入过那个片刻呢！

我们来看奥修对“片刻”怎么说：“你不要等到下次，抓住这个片刻，这是唯一存在的时间，没有其他时间。即便你是八十五岁，你也可以开始生活；当你八十五岁，你还会有什么损失吗？如果你春天打赤脚在沙滩上，如果你搜集雏菊，即使你死于那些事，也没什么不对。打赤脚死在沙滩上是正确的死法，为搜集雏菊而死是正确的死法，不管你是八十五岁或十五岁都没有关系，抓住这个片刻！”

随缘与任运

君但随缘得似风，

飞沙走石不乖空。

但于事上通无事，

见色闻声不用聋。

——佚名

李小龙尚未在电影圈成名时，在好莱坞教授武术。有一天教完武术，他和他的弟子，有名的剧作家史托宁·施利芳在一起喝茶聊天，谈到了“花费时

间”和“浪费时间”的不同。

“花费时间是把时间花在某一个方式上，”李小龙首先开口，“在练功夫时，我们是花费时间，现在谈天，也是花费时间。浪费时间则是糊里糊涂或漫不经心地把时间耗掉。我们有时候把时间花费掉，有时候把时间浪费掉，至于花费或浪费，就全靠我们自己的选择了。无论如何，时间一过去，就永远不会回来了。”

“时间是我们最宝贵的商品，”史托宁同意，“我总是把时间分成无数的瞬间、交易或接触。任何人偷了我的时间，就等于偷了我的生命，因为他们正在取走我的存在。当我岁数变大时，我知道时间是我唯一剩下的东西。因此，有人拿着什么计划找我时，我就会估计该项计划将花掉我多少时间，然后问我自己：‘因为这个计划，我愿意从我所剩下的少数时间内，支取几个星期或几个月吗？它值得我花这么多时间吗？还是我只是在浪费时间呢？’如果我认为这计划值得我花时间，我就会去做。”

“我把同一尺度用在社会关系上。我不容许别人偷走我的时间，我不再广结天下豪杰，我只结交那些能够使我的时间过得愉快的朋友。在我的生命中，我空出若干必要的时刻，什么事也不做，但那是我的选择。我自己选择如何花费时间，而不盲从社会习俗。”

史托宁说完之后，李小龙望着天空，一会儿才问，是否可以借打电话。

当李小龙回来时，他微笑着说：“我刚才取消了一项约会，因为对方只是要浪费我的时间，而不是帮助我花费时间。”然后他很诚恳地对史托宁说：“今天你是我的老师。我首次知道我一直在跟某些人浪费掉多少时间，从前我从来没有想过他们是在取走我的存在。”

我一直很喜欢李小龙的这个故事，想到李小龙之所以只以很短的时间、少数几部电影就令人念念难忘，是因为除了他的电影和无数荣誉之外，他有一种敏于深思的气质。而这个故事告诉了我们一些关于禅的重要概念，例如要把握当下，因为每一个当下都是生命最宝贵的存在；例如什么事也不做，往往是生命的必要时刻；例如吃饭睡觉虽然是时间的花费，但花费不一定是浪费；例如修行者讲随缘，必须要有舍的态度。

“当下即是”“把握当下”“活在眼前”是一种平常心与平常事的体现，是彻底地契入生命的存在，也是一种不纵容的思想。宗宝禅师曾把这种精神说成是：“事来时不惑，事去时不留。”马祖则说：“任运过时，更有何事？”

现代人喜欢讲随缘，却不知随缘并不是跟着因缘转，而是其中有所不变。在禅者而言，“随缘”就是“任运”，是在世缘之中不为世法所染。

这种任运，古来的禅师说了很多，像道悟说：“任性逍遥，随缘放旷，但尽凡心，别无圣解。”像云门说：“终日说事，未尝挂着唇齿，未尝道着一字。终日着衣吃饭，未尝触着一粒米，挂着一缕丝。”像大珠说：“解道者行、住、坐、卧，无非是道。悟法者纵横自在，无非是法。”

道是道路，是人人能走的；法是方法，也是人人能用的。因为人人能用，所以是平常的。我很喜欢《金刚经》的开头："尔时世尊食时，着衣持钵，入舍卫大城乞食。于其城中，次第乞已，还至本处。饭盒讫，收衣钵。洗足已，敷座而坐。"这是说世尊也要吃饭，也要洗脚，也过平常生活，他要花费很多时间在这上面。为什么我们不觉得世尊吃饭、洗脚是"浪费时间"？那时因为悟道者有平常的一面，他随顺世缘，任运自在。

其实，真正的悟道者是没有"浪费"的问题的，他在每一个当下花费他的时间，正如潭州禅师说的两首偈："寂寂无一事，醒醒亦复然。森罗及万象，法法尽皆禅。""一月普现一切水，一切水月一月摄。若人解了如斯意，大地众生无不彻。"

我们还没有达到那样的境界，所以我们对时间、生命、存在应该有所选择，在随缘中不随波逐流，在任运中不放任纵容，我们的生命才不会"漫不经心"地浪费掉。

清欢

少年时代读到苏轼的一阕词，非常喜欢，到现在还能背诵：

细雨斜风作晓寒，

淡烟疏柳媚晴滩，

入淮清洛渐漫漫。

雪沫乳花浮午盏，

蓼茸蒿笋试春盘，

人间有味是清欢。

这阕词，苏轼在旁边写着“元丰七年十二月二十四日，从泗州刘倩叔游南山”，原来是苏轼和朋友到郊外去玩，在南山里喝了浮着雪沫乳花的小酒，配着春日山野的蓼菜、茼蒿、新笋，以及野草的嫩芽等等，然后自己赞叹着，“人间有味是清欢！”

当时所以能深记这阕词，最主要是爱极了后面这一句，因为试吃野菜的这种平凡的清欢，才使人间更有滋味。“清欢”是什么呢？清欢几乎是难以翻译的，可以说是“清淡的欢愉”。这种清淡的欢愉不是来自别处，正是来自对平静的疏淡的简朴的生活的一种热爱。当一个人可以品味出野菜的清香胜过了山珍海味，或者一个人在路边的石头里看出了比钻石更引人的滋味，或者一个人听林间鸟鸣的声音感受到比提笼遛鸟更感动，或者甚至于体会了静静品一壶乌龙茶比起在喧闹的晚宴中更能清洗心灵……这些就是“清欢”。

清欢之所以好，是因为它对生活的无求，是它不讲究物质的条件，只讲究心灵的品味。“清欢”的境界是很高的，它不同于李白的“人生在世不称意，明朝散发弄扁舟”那样的自我放逐；或者“人生得意须尽欢，莫使金樽空对月”那种尽情的欢乐。它也不同于杜甫的“人生有情泪沾臆，江水江花岂终极”这样悲痛的心事，或者“人生不相见，动如参与商；今夕复何夕，共此灯烛光”那种无奈的感叹。

我们活在这个世界上，有千百种人生，文天祥的是“人生自古谁无死，留取丹心照汗青”，我们很容易体会到他的壮怀激烈。欧阳修的是“人生自是有情痴，此恨不关风与月”，我们很能体会到他的绵绵情恨。纳兰性德的是“人到情多情转薄，而今真个不多情”。我们也不难会意到他无奈的哀伤。甚至于像王国维的“人生只似风前絮，欢也零星，悲也零星，都作连江点点萍”。

可是“清欢”就难了！

尤其是生活在现代的人，差不多是没有清欢的。

你说什么样是清欢呢？我们想在路边好好地散个步，可是人声车声不断地呼吼而过，一天里，几乎没有纯然安静的一刻。

我们到馆子里，想要吃一些清淡的小菜，几乎是杳不可得，过多的油、过多的酱、过多的盐和味精已经成为中国菜最大的特色，端出来时让人吓一跳，因为菜上挤的沙拉酱比菜还多。

我们有时没有什么事，心情上只适合和朋友去啜一盅茶、饮一杯咖啡，可惜的是，心情也有了，朋友也有了，就是找不到地方，有茶有咖啡的地方总是嘈杂的，而且难以找到一边饮茶一边观景的处所。

俗世里没有清欢了，那么到山里去吧！到海边去吧！但是，山边和海湄也不纯净了，凡是人的足迹可以到的地方就有了垃圾，就有了臭秽，就有了吵闹！

有几个地方我以前常去的，像阳明山的白云山庄，叫一壶兰花茶，俯望着台北盆地里堆叠着的高楼与人欲，自己饮着茶，可以品到茶中有清欢。像在北投和阳明山间的山路边有一个小湖，湖畔有小贩卖工夫茶，小小的茶几、藤制的躺椅，独自开车去，走过石板的小路，叫一壶茶，在躺椅上静静地靠着，有时湖中的荷花开了，真是惊艳一山的沉默。有一次和朋友去，两人在躺椅上静静喝茶，一下午竟说不到几句话，那时我想，这大概是“人间有味是清欢”了。

现在这两个地方也不能去了，去了只有伤心。湖里的不是荷花了，是飘荡着的汽水罐子，池畔也无法静静躺着，因为人比草多，石板也被踏损了。到假日的时候，走路都很难不和别人推挤，更别说坐下来喝口茶。如果运气更坏，会遇到呼啸而过的飞车党，还有带伴唱机来跳舞的青年，那时所有的感官全部电路走火，不要说清欢，连欢也不剩了。

要找清欢就一日比一日更困难了。

我当学生的时候，有一位朋友住在中和圆通寺的山下，我常常坐着颠簸的公车去找她，两个人便沿着上山的石阶，漫无目的地，走走、坐坐、停停、看看。那时圆通寺山道石阶的两旁，杂乱地长着朱槿花，我们一路走，顺手拈下一朵熟透的朱槿花，吸着花朵底部的花露，其甜如蜜，而清香胜蜜，轻轻地含着一朵花的滋味，心里遂有一种只有春天才会有的欢愉。

圆通寺是一座全由坚固的石头砌成的寺院，那些黑而坚强的石头坐在山里仿佛一座不朽的城堡。绿树掩映，清风徐徐，我们站在用石板铺成的前院里，看着正在生长的小市镇，那时的寺院是澄明而安静的，让人感觉走了那样高的山路，能在那平台上看着远方，就是人生里的清欢了。

后来，朋友嫁人，到国外去了。我去了一趟圆通寺。山道已经开辟出来，车子可以环山而上，小山路已经很少人走。就在寺院的门口摆着满满的摊贩，有一摊是儿童乘坐的机器马，叽里咕噜的童歌震撼半山，有两摊是打香肠的摊子，烘烤香肠的白烟正往那古寺的大佛飘去，有一位母亲因为不准她的孩子吃香肠而揍打着两个孩子，激烈的哭声尖亢而急促……我连圆通寺的寺门都没有进去，就沉默地转身离开。山还是原来的山，寺还是原来的寺，为什么感觉完全不同了？失去了什么吗？失去的正是清欢。

下山时心情是不堪的，想到星散的朋友，心情也不是悲伤，只是惆怅，浮起的是一阕词和一首诗，词是李煜的，“高楼谁与上？长记秋晴望。往事已成空，还如一梦中。”诗是李觏的，“人言落日是天涯，望极天涯不见家。已恨碧山相阻隔，碧山还被暮云遮。”那时正是黄昏，在都市烟尘蒙蔽了的落日中，真的看到了一种悲剧似的橙色。

我二十岁的时候，心情很坏的时候，就跑到青年公园对面的骑马场去骑马，那些马虽然因驯服而动作缓慢，却都年轻高大，有着光滑的毛色。双腿用力一夹，它也会如箭一般呼啸着向前窜去，急忙的风声就从两耳掠过。我最记得的是马跑的时候，迅速移动着的草的青色，青茸茸的，仿佛饱含生命的汁液。跑了几圈下来，一切恶的心情也就在风中、在绿草里、在马的呼啸中消散了。

尤其是冬日的早晨，勒着缰绳，马就立在那儿，踢着长腿，鼻孔中冒着一缕缕的白气，那些气可以久久不散，当马的气息在空气中消弭的时候，人也好像得到了某些舒放了。

骑完马，到青年公园去散步，走到成行的树荫下，冷而强悍的空气在林间流荡着，可以放纵地、深深地呼吸，品味着空气里所含的元素，那元素不是别的，正是清欢。

最近有一天，突然想到了骑马，已经有十几年没骑了。到青年公园的马场时差一点没被吓昏，原来偌大的马场里已经没有一根草了，一根草也没有的马场大概只有台湾才有，马跑起来的时候，灰尘滚滚，弥漫在空气里的尽是令人窒息的黄土，蒙蔽了人的眼睛。马也老了，毛色斑驳而失去光泽。

最可怕的是，不知道什么时候在马场搭了一个塑胶棚子，铺了水泥地，奇丑无比，里面则摆满了机器的小马，让人骑，奇吵无比。为什么为了些微的小利，而牺牲了这个马场呢？

马会老是我知道的事，人会转变是我知道的事，而在有马的地方放机器马，在马跑的地方没有一株草则是我不能理解的事。

就在马场对面的青年公园，那里已经不能说是公园了，人比在西门时还拥挤吵闹，空气比咖啡馆还坏，树也萎了、草也黄了、阳光也照不灿烂了。我从公园穿越过去，想到少年时代的这个公园，心痛如绞，别说清欢了，简直像极了佛经所说的“五浊恶世”！

生在这个时代，为何“清欢”如此难觅？眼要清欢，找不到青山绿水；耳要清欢，找不到宁静和谐；鼻要清欢，找不到干净空气；舌要清欢，找不到蓼茸蒿笋；身要清欢，找不到清凉净土；意要清欢，找不到智慧明心。如果你要享受清欢，唯一的方法是守在自己小小的天地，洗涤自己的心灵，因为在我们拥有愈多的物质世界，我们清淡的欢愉就日渐失去了。

现代人的欢乐，是到油烟爆起、卫生堪虑的啤酒屋去吃炒蟋蟀；是到黑天暗地、不见天日的卡拉OK去乱唱一气；是到乡村野店、胡乱搭成的土鸡山庄去豪饮一番；以及到狭小的房间里做方城之戏，永远重复着摸牌的一个动作……这些污浊的放逸的生活以为是欢乐，想起来毋宁是可悲的事。为什么现代人不能过清欢的生活，反而以浊为欢、以清为苦呢？

当一个人以浊为欢的时候，就很难体会到生命清明的滋味，而在欢乐已尽、浊心再起的时候，人间就愈来愈无味了。

这使我想起东坡的另一首诗来：

梨花淡白柳深青，柳絮飞时花满城。
惆怅东栏一株雪，人生看得几清明。

苏轼凭着东栏看着栏杆外的梨花，满城都飞着柳絮时，梨花也开了遍地，东栏的那株梨花却从深青的柳树间伸了出来，仿佛雪一样的清丽，有一种惆怅之美，但是，人生，看这么清明可喜的梨花能有几回呢？这正是千古风流人物的性情，这正是清朝大画家盛大士在《溪山卧游录》中说的："凡人多熟一分世故，即多一分机智。多一分机智，即少却一分高雅。""山中何所有，岭上多白云。只可自怡悦，不堪持赠君。自是第一流人物。"

第一流人物是什么人物？

第一流人物是在清欢里也能体会人间有味的人物！

以柔软心除挂碍

我们的生命如此短暂，有所营谋，必有所烦恼；有所执着，必有所束缚；有所得，必有所失。何妨以柔软心，包容一切，涵摄一切，从烦恼至菩提。

悬崖边的树

我读初中的时候，成绩不好。由于对课外书及美术的热爱，我的初中生活一直过得迷迷糊糊，好像一转眼就升上初三了。

就在初三刚开始不久，父亲把我叫去，说：“像你这样的成绩，我的脸都被你丢尽了，我看你初中毕业不要去高雄参加联考了，你去台南考。”

我当场怔在那里，因为在我居住的乡镇，所有的孩子都是参加高雄联考，去台南考试，无疑就是放逐，连在乡镇里的旗美高中也不能考了。

不知道哪里来的勇气，我自己一个人跑到台南去考高中，放榜的时候发现考上一个从未听说过的高中——私立瀛海高中。

瀛海高中刚成立不久，是超迷你的学校，每一年级只有三个班，整个高中加起来只有三百多人。学校在盐分地带，几乎可以用“寸草不生”来形容，土地因为盐分过高，一片灰白色。学校独立于郊野，四面都是蔗田和稻田。

记得注册时是爸爸陪我去的。他看到那么简陋的校舍和荒凉的景色，大吃一惊，非常讶异地问我：“你怎么会考上这种学校？”

由于学生很少，大部分的学生都住校，我也开始了离家的生活。

住在学校认识了许多死党，加上无人管教，我的心就像鸟飞出笼子一样，几乎把所有的时间用来读课外书、画画和写文章。每到假日，就跑到台南市去看电影、逛书店。

我的高中生活大致是快乐的，除了功课以外。学校的功课日渐令我厌烦，赤字一天一天增加，到高一结束时，有一大半的功课都是补考才通过的。

这时，我默默地准备辍学或转学。当我把这想法告诉爸爸时，他气得好几天不和我说话，有一天他终于开口了："你再读一学期，真的不行，再转回来吧！"

升入高二，我换了导师，是一位七十岁的老头，听说是早年北京大学毕业的，因为在"省中"退休，转到私校来教。他就是后来彻底改造我的王雨苍老师。

开学不久，他叫我去他家包饺子，然后告诉我："你在报纸上的文章我看过，写得真不错。"这是第一位确定那些文章是我写的老师，以前的老师都以为只是同名同姓的人。

然后，王老师告诉我，他从事教育工作快五十年了，学生的素质他差不多一眼就可以看出来。他之所以退而不休，转到私立学校教书，不只是因为兴趣，也是为了寻找沧海遗珠。

吃完师母的饺子告辞的时候，王老师搂着我的肩膀说："你有什么想法，随时可以来找老师谈谈，林清玄，你不要自暴自弃呀！"我从未被老师如此感性地对待，当场就红了眼睛。

接下来就像变魔术一样，我把一部分的心力用在课业上，功课虽然不好，都还在及格边缘。

由于王老师的鼓励，我把大部分心力用在写作上，不仅作品陆续发表在报章杂志上，还连续两次得到全台南市中学作文比赛的第一名，使我加强了对自己的信心，也更确定日后的写作之路。

不管是写作文或周记，或是发表在报上的文章，王雨苍老师总是仔细斟酌修改，与我热心讨论，使我在升学至上的压力中还有喘息的空间。渴望成为作家的梦想是我在高中生活中，犹如大海里的浮木，使我不致没顶，王老师则是和我一起坐在浮木上的人，并且帮我调整了浮木的方向。

在我高中毕业的时候，我不再对前途畏惧了，虽然大学的考试一直不顺利，但我知道，我的写作不会再被动摇了。

一直到现在，我只要想起中学生活，王雨苍老师那高大的身影、红润的双颊就会在眼前浮现，想到他最常对我说的："你一定会成功的，不要自暴自弃呀！"

我不知道自己是不是王老师寻找的沧海遗珠，但我知道，好老师正如同悬崖边的树，能挡住那些失足坠落的学生。

现在时空远隔了，老师的魂魄已远，但我仿佛看到在最陡峭的悬崖边，还长着翠绿的大树。

东方不败与独孤求败

最近，被儿子拉去看徐克导演的《东方不败》。儿子是徐克迷，凡是徐克的电影都要去看，我去看“东方不败”则是对金庸的兴趣大过徐克。

看完《东方不败》之后，心里颇有一些迷思，想起影评人景翔说的，《东方不败》之前标明改编自金庸的小说，其实应该改为“改自金庸武侠小说的标题和人名”，因为这部电影从头到尾，不论情节、人物，都已经与金庸无关了。至于电影音乐为什么还是《笑傲江湖》的同一首，从开始到剧终，景翔的说法是：“因为黄霑还没有想出新的曲子。”

如果把《东方不败》和金庸的小说抽开，那还是一部好看的电影，声光、摄影的品质都在一般国语片之上，节奏之快速、武功之离奇也维持了徐克的一贯风格。

如果要把电影和小说一起看，金庸的小说还是比徐克的电影要有人文精神。想到十几年前，因为这部书里有“东方不败”这样的人物、“葵花宝典”这样的武功、“教主洪福齐天，万岁、万万岁”这样的讽刺，小说甚至在台湾被禁止出版。

想到十几年前，读金庸的小说像是读鲁迅的小说，由于被禁，读起来既紧张又兴奋。我读的第一部金庸小说是《射雕英雄传》，还是香港的版本，是香港朋友想尽办法才夹带进关的。

大凡金庸的小说都有启示性，像“东方不败”就是一个很好的例子，为了练就绝世武功，一统天下，他不惜自宫，练功练到最后竟性格大变，男女难分。他的一生都从未失败过，一直到死前的那最后一战才失败，而一败则死。

这使我们思考到，失败在一个人的生命中的意义。人生里不免遭逢失败，那么，我们宁可在失败中锻炼出刚健的人格，也不要由于永不失败而造成一个高傲、残缺、暴戾的人格。一个自认为永不失败的人，到最后由于措手不及，那失败往往是极端惨痛的——人生里是不可能永不失败的，因此“东方不败”这样的人物只是一个象征，象征我们处在逆境的时候应有一种坦然的态度。金庸先生写这一人物深彻骨髓，使我确信他一定是深沉了解痛苦的，而徐克的电影，则遗憾的是没有这样的人文性。

在金庸小说里，除了“东方不败”，还有一位“独孤求败”令人印象深刻，独孤求败因为武功太高了，从来没有失败过，使他非常痛苦，到处去与人比武，求败而不可得，一生为此而终日郁郁。失败对他来讲竟是如此珍贵，听到天下有武功高的人，甚至愿意奔行千里，去求得一败。

“一生得不到失败，竟是最大的失败”，这是金庸为独孤求败赋予的寓意。我们生命历程的失败近在眼前，往往避之唯恐不及，独孤求败的失败则远在千里，求之而不可得致。

失败对于生命，有如淤泥之于莲花，风雨之于草木，云彩之于天空，死亡之于诞生。如果没有失败的撞击，成功的火花不会闪现；没有痛苦悲哀，怎么能显现快乐与欢愉的可贵？如果没有死亡，有谁会珍惜活着的价值和意义呢？

金庸另一个小说人物老顽童周伯通，由于武功太高了，没有对手，只好每天用自己的左手打右手，感到人生单调，而游戏人间。

我想到，最好的人生是五味俱全，有苦有乐、有泪有笑、有爱有恨、有生有死、有低吟有狂歌、有振臂千仞之刚也有独怆然而泪下，酸、甜、苦、辣、咸，此起彼落。想一想，如果面对一桌没有调味的菜肴，又如何会有深沉的滋味呢？

永不失败的生命与永远在求取失败的生命一样，都将走入偏邪的困局，东方不败与独孤求败正是如此。

水清无鱼、山乱无神。让我们坦然于生活里的痛苦与失败，因为这正是欢喜与成功的养料，没有比这种养料对于人格的壮大、坚强、圆满更有益的了。

我们独饮生命的苦汁，那是为了唱出美丽的高音；我们在失败时沉潜，是为了培养在波涛中还能向前的勇气呀！

城市之心

前一阵子，淡水列车停驶的消息每天都登满整版的报纸，许多人说出了他们心中的惆怅。然后，火车停驶了，淡水列车不但走完最后一程，也如一道轻烟，在传播媒体中飘飞散去了。我想起一些在报章杂志上热门不已的事件，在极短暂的时间内被遗忘，这益发使我感受到这是一个变动快速的时代、善于遗忘的时代、无可奈何的时代。

就像你问我的一样："一件事物的消失原是自然的事，为什么淡水列车会牵动那么多人的情绪呢？"

是的，不只是淡水的火车，一切世间的事物如果有了起始，就终究会消失。然而一切事物在形式上虽然逝去，有一些隐藏在形式背后的东西却会留存下来，那些能穿越时空之流的东西就是对人生的感动与启示。

如果有一个人曾搭过淡水的火车，并在其中体会到人情社会的温馨，或印象到窗外的景物之美，他就在那一刻获得生命的感动，淡水火车于是成为他生命里不可忽视的环节，听到火车要停驶，焉有不惆怅之理？这生命里的人情之温馨与美之感动，往往会成为我们心灵的力量来源，有如火车一样推动我们前行。

／ 无情事物的有情寄托／

生命里美的感动固然能拨动我们的心弦，但这些感动若能提升我们到智慧的启示，感动就能长存。以淡水火车的失去为例，至少有两部分可以给我们带来新的人生观点。

一是万事万物都有因缘的生起与灭去。淡水火车的历史或许比人的生命还长，但也只是缘起缘灭的过程，它每天按着固定的时间走着相同的路线，经过相同站牌的停靠，然而，它每天运载的人都不一样，它和许多不同的人结缘。它可能看见一个小孩子上车，而眼见孩子长大成人，老去。有一天那孩子下车了，就永远不再上车。也可能，有一个人一生只坐过一次淡水火车，那么他们就仅有一面之缘。这样想时，我们会领悟到人生的历程也有如一列火车，大部分人的生命轨迹都是相似的，但所遭逢的因缘却有很大的不同，如果看见因缘聚散的实相，就会让我们穿过浮石，看见青天，知道因缘背后的意义。

二是因缘与情感是不能分开的，即使是无情的事物也可以成为有情的寄托。在这个世界上，就是再理智的人也需要情感的依靠，一个生命感失落的人往往不是智识得不到满足，而常常是情感无所依托。我们心中有许多情感的油芯，却必须靠外在的因缘来点燃。许多坐过淡水火车的人都表示，这段火车象征了生命成长的历程，与火车的因缘虽了，情意却仍在，这才会感到若有所失。人与火车的关系让我们想到，人与人间的情感与因缘不也与火车十分相似吗？

／ 无情可寄是生命的悲哀／

亲爱的亮亮，人必须寄情于某些事物，才能使人生过得坦然勇毅，这是无法避免的事。当然，在我们年轻的时候，很少会想到“寄情”这样的字，因为我们要忙着课业，忙着恋爱，忙着理想的追求，实在是无情可寄。可是如果我们在青年时代不能认识自己的志趣所在、性灵所趋，等我们进入社会一段时间，婚姻、工作都稳定之后，就会很快地感受到人生的困乏与单调，接着，不仅工作的热情失去，甚至连生命最基本的追求也被消磨了。

在我十几年极端忙碌的工作经验中，看到许多无情可寄的中老年人，他们通常会展现出两种面目：一种是冷酷的工作狂，他不分日夜地工作，因为不工作会使他们立刻失落生命的价值，使他们立刻陷进悲哀与无助之中。他们有许多被认为是社会的成功者，有名、有利、有权势，但我们在这些人身上看不出人的舒缓、自在、从容、坦荡的风格，这实在是令人悲悯的。

另一种是放浪的麻醉者，他们在长久地上班工作后，对人生真实的价值已失去追求，甚至对工作也已经绝望，工作只是糊口的工具罢了。不工作的时候，他们在黑暗的酒色之地把自己灌醉，或者徘徊在麻将台与舞厅之间消磨最后的壮志。我们在这些人身上看不出人的庄严、热情、积极、承担的气质，这更加令人同情。

如果是一个具有热血与理想的青年，进入一个新的工作，就会很快察觉到自己的上司或同事中有许多这样的人，这还是好的，更糟的是，我们会发现许多主管是人格猥琐、道德沦落的人，他们不是无情可寄，而是把大部分的心力用来斗争、争宠、互相构陷，却又自以为得计。看到这样的人，会使我们愤懑、不平，甚至捶胸顿足，我在青年时代就时常有这样的心情。

我相信，没有任何青年希望自己变成那样的人，可是为什么现今的社会竟有这么多那样的人呢？说穿了很简单，就是四个字——无情可寄。

／ 自己有一片清朗天地／

现代的城市生活，其实是很不适宜人的生活。过度的忙碌使城市人都像热锅的蚂蚁，被一种不可控制的匆忙节奏所主宰，每天的时间都被零碎地分割，很少人可以从容地过日子。再加上极度泛滥的物质诱惑，使人习惯于追求感官的生活，并误以为感官的生活才是精致的生活，大家拼命地忙，舍身地工作，无非是要换得感官的满足。还有，人人崇尚比较，从衣服的牌子、薪水的数目一直到房子、车子，无一不比，几乎没有人能安于现状，满足于生活。于是，大部分城市人都像走马灯，转个不停。

亮亮，我在城市里的生活，到今年正好二十年，比我在乡下的岁月还长得多，早年依靠呼叫器与紧急电话过日子，到如今想起来还心惊肉跳。我之所以没有变成非常忙碌、极端感官、崇尚比较的城市人，到今天还能维持独特的风格面貌，未曾被这个城市“同质化”，就是因为落实了年轻时对志趣与性灵的追求，即使在最忙碌工作的那几年，我都没有放弃创作的工作以及对人类文化终极的关怀。这可以说是我的“寄情”。

寄情，不是在外面寻找寄托与慰藉。

寄情，是在转动的世界中有自己不变的内在风格，是在俗世的花草中有自己一片清朗的天地。

但是，寄情也不是与外在环境无关。譬如生活在乡野的人若要寄情于山水，心中必先有山水风格；生活在城市的人，若要寄情于人文，心中必先有人文气质。若无山水风格，则不能见山水之美；若无人文气质，则不能触及城市的心。

我非常赞同在年轻的时候就能有所立志，因为有所立志则可以开发出人心里无限的创造性，有了创造性则不论从事什么职业，无论职位多么卑微，都能建立一个平坦、自然、无怨的生命态度。

／ 拯救城市人的心灵／

今天我们居住在城市工作、生活，心里多少有一些无奈，但必须认识到我为何选择城市而不选择乡村山野的生活，或甚至避居于山林深处。如果我们住在城市，只是因为城市比较容易谋得三餐，城市比较能享受生活，那么我们的生命意义不免会沦于狭小浅薄的境地。

我们不是为了这样而选择城市生活，我们应有更宽广的胸襟。

亮亮，至少对我来说，住在城市里比较能让我完成一些对人、对文化、对创造的奉献，甚至是在更混乱的环境中来完成自我。城市虽是复杂的、多变的、欲望的、罪恶的地方，但在这些碰撞之中，会有火花产生，这些火花可以让我们反省人性，知道人不屈的自尊与独立的风格多么重要，并使我们知道要拯救人类的心灵一定要从城市人的心灵救起。

最近，我常在星期天看一部美国的电视剧，这部剧台湾译成《铁胆柔情》，但原名是《城市之心》。它是一名纽约警官的故事，这位警官把自己看成城市的心灵，试图用自己的热血与勇气来拯救一个充斥罪犯的城市。就是十岁的小孩子也看得出，这名小警官尽一生之力也不能完成他的志业，甚至还要付出比他的同事更大的代价（他的妻子就是被歹徒枪杀的）。

但是，它的感人之处就在于他永远不能完成志业而永不放弃。他的热血与勇气使他有独立的风格与卓越的志气，纵使这个城市会继续败坏下去，而一名警官的奉献正是使这败坏少一些、慢一些的力量。

这种不可及的、伟大的理想之坚持，就是他的“寄情”，并不是处在罪恶的城市而使他有这种“寄情”，而是因为他先有了这样的人格，不论他从事什么职业，担任任何职位，他都会成为“城市之心”。

亲爱的亮亮，我相信你将来也会在城市中求学、工作、生活，甚至把城市作为自己的根。我希望你在青年时代就能确立一些风格与情调，让自己也成为城市之心。我也深信你到了我这个年纪，经历许多沧桑，看过许多迷失与堕落，仍能在静夜独处时听见自己青年时代跳动的心脏声音，感觉热烈的血液仍在胸腹流动。

人人都可能是庸碌单调的城市人，人人也都可能成为城市之心，你愿意怎么样来选择呢？

送一轮明月给他

一位住在山中茅屋修行的禅师，有一天趁夜色到林中散步，在皎洁的月光下，他突然开悟了自性的般若。

他喜悦地走回住处，眼见到自己的茅屋遭小偷光顾。找不到任何财物的小偷，要离开的时候才在门口遇见了禅师。原来，禅师怕惊动小偷，一直站在门口等待，他知道小偷一定找不到任何值钱的东西，早就把自己的外衣脱掉拿在手上。

小偷遇见禅师，正感到愕然的时候，禅师说："你走老远的路来探望我，总不能让你空手而回呀！

夜凉了，你带着这件衣服走吧！”

说着，就把衣服披在小偷身上，小偷不知所措，低着头溜走了。

禅师看着小偷的背影走过明亮的月光，消失在山林之中，不禁感慨地说：“可怜的人呀！但愿我能送一轮明月给他。”

禅师不能送明月给那个小偷，使他感到遗憾，因为在黑暗的山林，明月是照亮世界的最美丽的东西。不过，从禅师的口中说出：“但愿我能送一轮明月给他。”这口里的明月除了是月亮的实景，指的也是自我清净的本体。从古以来，禅宗大德都用月亮来象征一个人的自性，那是由于月亮光明、平等、遍照、温柔的缘故。怎么样找到自己的一轮明月，向来就是禅者努力的目标。在禅师的眼中，小偷是被欲望蒙蔽的人，就如同被乌云遮住的明月，一个人不能自见光明是多么遗憾的事。

禅师目送小偷走了以后，回到茅屋赤身打坐，他看着窗外的明月，进入定境。

第二天，他在阳光温暖的抚触下，从极深的禅定里睁开眼睛，看到他披在小偷身上的外衣，被整齐地叠好，放在门口。禅师非常高兴，喃喃地说："我终于送了他一轮明月！"

明月是可送的吗？这真是有趣的故事，在我们的人生经验里，无形的事物往往不能赠送给别人，例如我们不能对路边的乞者说："我送给你一点慈悲。"我们只能把钱放在盒子里，因为他只能从钱的多寡来感受慈悲的程度。

我们不能对心爱的人说："我送你一百个爱情。"只能送他一百朵玫瑰。他也只能从玫瑰的数量来推算情感的热度，虽然这种推算往往不能画上等号，因为送玫瑰的人或许比送钻戒者的爱要真诚而热烈。

同样的，我们对于友谊、正义、幸福、平安、智慧等等无价的东西，也不能用有形的事物做正确的衡量。我想，这正是人生的困局之一，我们必须时时注意如何以有形可见的事物来巧妙地表达所要传递的心灵信息。可悲的是，在传递的过程中常常会有"落差"，这种落差常使骨肉至亲反目，患难之交怨愤，恩爱夫妻仳离，有情人终于成为俗汉。

这些无形又可贵的感情，与禅师的某些特质接近，是“只可意会，不可言传”，是“不立文字，教外别传”，是“当下即是，动念即乖”，是“云在青天水在瓶”，是“平常心是道”！

这个世界几乎没有一种固定的方法可以训练人表达无形的东西，于是，训练表达无形情感的唯一方法就是回到自身，充实自己的人格，使自己具备真诚无伪、热切无私的性格，这样，情感就不是一种表达，而是一种流露。

在一个人能真诚流露的时候，连明月也可以送给别人，对方也真的收得到。

我们时时保有善良、宽容、明朗的心性，不要说送一轮明月，同时送出许多明月都是可能的，因为明月不是相送，而是一种相映，能映照出互相的光明。

因此，禅师说“但愿我能送一轮明月给他”，是真正人格的馨香。它使小偷感到惭愧，受到映照而走向光明的道路。

黄昏菩提

我喜欢黄昏的时候在红砖道上散步，因为不管什么天气，黄昏的光总让人感到特别安静，能较深刻省思自己与城市共同的心灵。但那种安静只是心情的，只是心情一离开或者木棉或者杜鹃或者菩提树，一回头，人声车声哗然而来，那时候就能感受到城市某些令人忧心的品质。

这种品质使我们在吵闹的车流里，有一种难以言喻的寂寞；在奔逐的人群与闪亮的霓虹灯中，我们更深地体会了孤独；在美丽的玻璃帷幕明亮的反光中，看清了这个大城冷漠的质地。

居住在这个大城，我时常思索着怎样来注视这个城，怎样找到它的美，或者风情，或者温柔，或者什么都可以。

有一天我散步累了，坐在建国南路口，就看见这样的场景，疾驰的摩托车撞上左转的货车，因挤压而碎裂的铁与玻璃，和着人体撕伤的血泊，正好喷溅在我最喜欢的一小片金盏花的花圃上。然后刺耳的警笛与救护车，尖叫与围拢的人群，堵塞与叫骂的司机……好像一团铁屑，因磁铁碾过而改变了方向，纷乱骚动着。

对街那头并未受到影响，公车牌上等候的人正与公车司机大声叫骂。一个气喘吁吁的女人正跑步追赶着即将开动的公车。小学生的纠察队正鸣笛制止一个中年人挤进他们的队伍。头发竖立如松的少年正对不肯停的计程车吐口水。穿西装的绅士正焦躁地把烟蒂猛然蹂扁在脚下。这许多急促地喘着气的画面，几乎难以相信是发生在一个可以非常美丽的黄昏。

惊疑、焦虑、匆忙、混乱的人，虽然具有都市人的性格，生活在都市，却永远见不到都市之美。

更糟的是无知。

有一次在花市，举办着花卉大餐，人与人互相压挤践踏只是为了抢食刚剥下来的玫瑰花瓣，或者涂着沙拉酱的兰花。抢得最厉害的是一盏放着新鲜花瓣的红茶，我看到那粉红色的花瓣放进热气蒸腾的茶水，瞬间就萎缩了。然后沉落到杯底。我想，那抢着喝这杯茶的人不正是那一片花瓣吗？花市正是滚烫的茶水，它使花的美丽沉落，使人的美丽萎缩。

我从人缝中穿出，看到五尺外的安全岛上，澎湖品种的天人菊独自开放着，以一种卓绝的不可藐视的风姿，这种风姿自然是食花的人群所不可知的。天人菊名声比不上玫瑰，滋味可能也比不上，但它悠闲不为人知的风情，却使它的美丽有了不受摧折的生命。

悠闲不为人知的风情，是这个都市最难得的风情。有一次参加一个紧张的会议，会议上正纷纭地揣测着消费者的性别、年龄、习惯与爱好：什么样的商品是十五到二十五岁的人所要的？什么样的资讯最适合这个城市的青年？什么样的颜色最能激起购买欲？什么样的抽奖与赠送最能使消费者盲目？用什么形式推出才是我们的卖点和消卖者情不自禁的买点？

后来，会议陷入了长长的沉默，灼热的烟雾弥漫在空调不敷应用的会议室里。

我绕过狭长的会议桌，走到长长的只有一面窗的走廊透气，从十四层的高楼俯视，看到阳光正以优美的波长，投射在春天的菩提树上，反射出一种娇嫩的生命之骚动，我便临时决定不再参加会议，下了楼，轻轻踩在红砖路上，听着欢跃欲歌的树叶长大的声音，细微几至听不见。回头，正看到高楼会议室的灯光亮起，大家继续做着灵魂烧灼的游戏，那种燃烧使人处在半疯的状态，而结论却是必然的：没有人敢确定现代的消费者需要什么。

我也不敢确定，但我可以确定的是，现代人更需要诚恳的、关心的沟通，有情的、安定的讯息。就像如果我是春天这一排被局限的安全岛的菩提树，任何有情与温暖的注视，都将使我怀着感恩的心情。

生活在这样的都市里，我们都是菩提树，拥有的土地虽少，勉强抬头仍可看见广大的天空；我们中有常在会议桌上被讨论的共相，可是我们每天每刻的美丽变化却不为人知。“一棵树需要什么呢？”园艺专家在电视上说：“阳光、空气和水而已，还有一点点关心。”

活在都市的人也一样的吧！除了食物与工作，只是渴求着明澈的阳光，新鲜的空气，不被污染的水，以及一点点有良知的关心。

“会议的结果怎样？”第二天我问一起开会的人。

“销售会议永远不会有正确的结论。因为没有人真正了解十五岁到二十五岁现代都市人的共同想法。”

如果有人说，我是你们真正需要的！那人不一定真正知道我们的需要。

有一次在仁爱小学的操场政见台上，连续听到五个人说：“我是你们真正要的。”那样高亢的呼声带着喝彩与掌声如烟火在空中散放。我走出来，看见安和路上黑夜的榕树，感觉是那样的沉默、那样的矮小，忍不住问它说："你真正的需要是什么呢？"

我们其实是像那样沉默的榕树一样渺小，最需要的是自在地活着。走路时不必担心亡命的来车，呼吸时能品到空气的香甜，搭公车时不失去人的尊严，在深夜的黑巷中散步也能和陌生人微笑招呼，时常听到这社会的良知正在觉醒，也就够了。

我更关心的不是我们需要什么，而是青年究竟需要什么？十五岁到二十岁的，难道没有一个清楚的理想，让我们在思索推论里知悉吗？

我们关心的都市新人种，他们耳朵罩着随身听，过大的衬衫放在裤外，即使好天他们也罩一件长到小腿的黑色神秘风衣。少女们则全身燃烧着颜色一样，黄绿色的发，红蓝色的衣服，黑白的鞋子，当他们打着拍子从我面前走过，就使我想起童话里跟随王子去解救公主的人物。

新人种的女孩，就像敦化南路的花圃上，突然长出一株不可辨认的春花，它没有名字，色彩怪异，却开在时代的风里。男孩们则是忠孝东路刚刚修剪过的路树，又冒出了不规则的枝丫，轻轻地反抗着剪刀。

最流行的杂志上说，那彩色的太阳眼镜是“燃烧的气息”，那长短不一染成红色的头发是“不可忽视的风格之美”，那一只红一只绿的布鞋是“青春的两个眼睛”，那过于巨大的不合身的衣服是“把世界的伤口包扎起来”，而那些新品种的都市人则被说成是“青春与时代的领航者”。

这些领航的大孩子，他们走在五线谱的音符上，走在调色盘的颜料上，走在影院的看板上，走在虚空的玫瑰花瓣上，他们连走路的姿势，都与我年轻的时代不同了。

我的青年时代，曾经跪下来嗅闻泥土的芳香，因为那芳香而落泪；曾经热烈争辩国族该走的方向，因为那方向而忧心难眠；曾经用生命的热血与抱负写下慷慨悲壮的诗歌，因为那诗歌燃烧起火把互相传递。曾经，曾经都已是昨日，而昨日是西风中凋零的碧树。

“你说你们那一代忧国忧民，有理想有抱负，我请问你，你们到底做了什么了不起的大事？”一位西门町的少年这样问我。

我们到底做了什么了不起的大事？拿这个问题问飘过的风，得不到任何回答；问路过的树，没有一棵摇曳；问满天的星，天空里有墨黑的答案，这是多么可惊的问题，我们这些自谓有理想有抱负忧国忧民的中年，只成为黄昏时稳重散步的都市人，那些不知道有明天而在街头热舞的少年，则是半跑半跳的都市人，这中间有什么差别呢？

有一次，我在延吉街花市，从一位年老的花贩口里找到一些答案，他说：“有些种子要做肥料，有些种子要做泥土，有一些种子是天生要开美丽的花。”

农人用犁耙翻开土地，覆盖了地上生长多年的草，草很快地成为土地的一部分。然后，农人在地上撒一把新品种的玫瑰花种子，那种子抽芽发茎，开出最美的璀璨之花。可是没有一朵玫瑰花知道，它身上流着小草的忧伤之血，也没有一朵玫瑰记得，它的开放是小草舍身的结晶。

我们这一代没有做过什么大事，我们没有任何功勋给青年颂歌，就像曾经在风中生长，在地底怀着热血，在大水来时挺立，在干旱的冬季等待春天，在黑暗的野地里仰望明亮的天星，一株卑微的小草一样，这算什么功勋呢？土地上任何一株小草不都是这样活着的吗？

所以，我们不必苛责少年，他们是天生就来开美丽的花，我们半生所追求的不也就是那样吗？无忧地快乐地活着，我们的现代是他们的古典，他们的朋克何尝不是明天的古典呢？且让我们维持一种平静的心情，就欣赏这些天生的花吧！

光是站在旁边欣赏，好像也缺少一些东西，有一次散步时看到工人正在仁爱路种树，他们先把树种在水泥盆子里，再把盆子埋入土中，为什么不直接种到土地里呢？我疑惑着。

工人说："用盆子是为了限制树的发展，免得树根太深，破坏了道路、水管和地下电缆。也免得树长得太高，破坏了电线和景观。”

原来，这是都市路树的真相，也是都市青年的真相。

我们是风沙的中年，不能给温室的少年指出道路，就像草原的树没有资格告诉路树，应该如何往下扎根、往上生长。路树虽然被限制了根茎，但自己有自己的风姿。

那样的心情，正如同有一个晚秋的清晨，我发现路边的马缨丹结满了晶莹露珠，透明得没有一丝杂质的露珠停在深绿的叶脉上，那露水，令我深深感动，不只是感动那种美，而是惊奇于都市的花草也能在清晨有这样清明的露。

那么，我们对都市风格、人民品质的忧心是不是过度了呢？

都市的树也是树，都市人仍然是人。

凡是树，就会努力生长；凡是人，就不会无端堕落。

凡是人，就有人的温暖；凡是树，就会有树的风姿。

树的风姿，最美的是敦化南北路上的枫香树吧！在路边的咖啡屋叫一杯上好的咖啡，从明亮的落地窗望出去，深深感到那些安全岛上的枫香树，风情一点也不比香榭丽舍大道的典雅逊色，虽然空气是脏了一点，交通是乱了一点，喇叭与哨子是吵了点，但枫香树多么可贵，犹自那样青翠、那样宁谧、那样深情，甚至那样有一种不可言说的傲骨，不肯为日渐败坏的环境屈身。

尤其是黄昏时分，阳光的金粉一束束从叶梢间穿过，落在满地的小草上，有时目光随阳光移动，还可以看到酢浆草新开的紫色小花，嫩黄色的小蛱蝶在花上飞舞，如果我们用画框框住，就是印象派中最美丽的光影了。可惜有很多人在都市生活了一辈子，总是匆忙地走来走去，从来没有看过这种美。

枫香之美、都市人之品质、都市之每株路树，虽各有各的风情，其实都是渺小的。有一回我登上郊外的山，反观这黄昏的都城，发现它被四面的山手拉手环抱着，温柔的夕阳抚触着城市的每一个角落，天边朗朗升起万道金霞，这时，一棵棵树不见了，一个个人也不见了，只看到互相拥抱的楼宇、互相缠绵的道路。城市，在那一刻，成为坐着沉思的人，它的污染拥挤脏乱都不见了，只留下繁华落尽的一种清明壮大庄严之美。

回望我所居的城市，这座平常使我因烦厌而去寻找细部之美的城，当时竟陪我跨越尘沙，照见了一些真实的大块的面目。那一天我在山顶上坐到辉煌的灯火为城市戴着光环才下山，下山时还感觉到美正一分一分地升起。

我们如果能回到自我心灵真正的明净，就能拂拭蒙尘的外表，接近更美丽单纯的内里，面对自己是这样，面对一座城市时不也是这样吗？清晨时分，我们在路上遇到全然陌生的人，互相点头微笑，那时我们的心是多么清明温情呀！我们的明净可以洗清互相的冷漠与污染，同时也可以洗涤整个城市。

如果我们的心足够明净，还会发现太阳离我们很近，月亮离我们很近，星星与路灯都放着光明，簇拥着我们前行。

就像有一天我在仁爱路的菩提树上，发现了一个小红蚂蚁的窝，它们缓缓地在春天的菩提枝丫上蠕动，充满了生命清新的力量，正伸出触角迎接经过漫长阴雨之后都市的新春。

对于我们来说，那乱车奔驰的路侧，是不适于生存，甚至不适宜站立的；可是对菩提树，它们努力站立，长出干净的新绿；对小红蚂蚁，它们自在生存，欣然迎接早春；我们都是一样，是默默不为人知，在都市的脉搏里流动的一丝清明之血。

从有蚂蚁窝的菩提树荫走到阳光浪漫的黄昏，我深深地震动了，觉得在乡村生活的人是生命的自然，而在都市里生活的人，更需要一些古典的心情、温柔的心情，一些经过污染还能沉静的智慧。这株黄昏的菩提树，树中的小蚂蚁，不是与我一起在通过污染，面对自己古典、温柔、沉静的心情吗？

黄昏时，那一轮金橙色的夕阳离我们极远极远，但我们一发出智慧的声音，他就会安静地挂在树梢上，俯身来听，然后我感觉，夕阳只是个纯真的孩子，他永远不受城市的染着，他的清明需要一些赞美。

每天我走完了黄昏的散步，将归家的时候，我就怀着感恩的心情摸摸夕阳的头发，说一些赞美与感激的话。

感恩这人世的缺憾，使我们警醒不至于堕落。

感恩这都市的污染，使我们有追求明净的智慧。

感恩那些看似无知的花树，使我们深刻地认清自我。

最大的感恩是，我们生而为有情的人，不是无情的东西，使我们能凭借情的温暖，走出或冷漠或混乱或肮脏或匆忙或无知的津渡，找到源源不绝的生命之泉。

听完感恩与赞美，夕阳就点点头，躲到群山背面，只留下满天羞红的双颊。

牛肉汁时代

朋友告诉我一个笑话：

一个有钱的贵妇去找一位知名的画家作画，并且谈好条件，这张画像一定要她家里的狗喜欢才付钱。

画家一口答应，但是向她要了双倍的价钱，理由是："画到连狗都喜欢，那是非常艰难的。"

画像终于完成了，当画送到的时候，贵夫人的狗立刻飞奔而至， 状甚愉快，热情地舐着画像上主人的脸颊。那位贵夫人和她的狗一样兴奋，付了双倍的价钱给画家。

这件事情传开了，许多学艺术的人都非常佩服，纷纷来向他请教，如何画一幅画让狗看了也那么感动。

画家说："没什么呀！我只是在她脸上的颜料部分，涂了一点牛肉汁。"

这个故事很值得深思，一般人欣赏艺术品通常停在外表的层次，例如一幅画像不像，例如一幅画可以卖多少钱，导致那些好卖的艺术品不一定是很感人，或很有创作力，只不过是在颜料里调了一点牛肉汁吧！

我们这个时代，由于外在的可炫惑的事物太多，可以说是一个"牛肉汁时代"，许多人拼命追逐外在事物，献出了大部分青春。不幸的是，外在事物时常是很短暂的、不永恒的，不能确立人生真实价值的。

我并不排斥人对表面事物的追逐，例如更有权位、住更大的房子、开更高级的汽车、穿更好的衣服、在更昂贵的饭店吃饭，因为这是人之常情，也是一个社会进展的动力。但是我很担心，太少人做内在的沉思与开发，对文化与品质的发展是很不利的。

人之所以异于禽兽，是他有一个广大的灵性世界，也可以说是人独有的品质。一个人活在世间，在作为人的独有品质的开发，至少应该花费和外在的、物质的追求相同的时间。如果一个人花在灵性思维的时间很少，他的身心就接近禽兽了。

特别是九十年代以后的人类，花费很少的时间就可以解决温饱了，大部分的追逐都只是欲望的展现。但是人生不仅如此，只是由于内在品质不像外在的物质易于被发现、易于衡量，大家就忽视了。

禅宗里有一个公案，说有一个弟子非常崇拜赵州禅师，于是为赵州画了一幅画像，有一天拿给赵州看，问道："师父，您看这幅画像不像您？"

赵州说："如果不像，你就把画烧了。"

停了一下，赵州又说："如果像我，你就杀了我吧！"

弟子只好把画像烧了。

这个公案的意思是，表面的事物是无法取代内心世界的。我们在物质的堆砌，所塑造的是我们的画像，而不是真实的“我”，真实的“我”唯有在夜半扪心，花时间来反复思维才会显现。

真实的我，不是脸上涂满颜色的我。

真实的我，不是穿着流行时装的我。

真实的我，不是在街头奔赴名利的我。

真实的我，不是那个表面华丽、内心空虚的我。

“那么，真实的我要去何处寻？”

“你问我，我问谁呢？我找自己的时间都不够用了呀！”

“拜托，给一个简单的提示！”

“好！给你一个简单的提示，如果你花多少时间在穿衣、打扮、美容、工作、追逐，就花相同的时间来读书、思考、静心、放松，真实的我就会出来与你相见了。均衡一下嘛，广告不是这么说的吗？”

“这么简单，我回去试试！”

“咦？你脸上怎么有牛肉汁？”

“呀，哪里？”

“哈，除了均衡一下，轻松一下嘛！”

活出美感

今天我和一位朋友约在茶艺馆喝茶。那家茶艺馆是复古形式的，布置得美轮美奂，里面有些特别引起我注意的东西：在偌大的墙上挂着老式农村的牛车轮，由于岁月的侵蚀，那由整块木板劈成的车轮中间裂了两道深浅不一的裂缝，裂缝在那纯白的墙上显得格外有一种沧桑之美。

亮亮，从前我没有告诉过你，我的祖父林旺在我们故乡曾经经营过一座牛车场，他曾拥有过三十几辆牛车，时常租给人运载货物，就有一点像现在的货运公司一样。我那从未见过面的祖父就是赶牛车白手起家的，后来买几块薄田才转业成农夫。据我父亲说，祖父的三十几辆牛车就是这种还没有轮轴的车轮，所以看到这车轮就使我想起祖父和他的时代。我只见过他的画像，他非常精瘦，就如同今日我们在台湾乡下所见的老者一样。他脸上风霜的线条仿佛是我眼前牛车的裂痕，有一种沧桑的刚毅之美。

／ 这一点土卖二十元吗？／

茶艺馆的桌椅是台湾农村早年的民艺品，古色古香，有如老家厅堂里的桌椅，还有橱柜也是，真不知道他们如何找到这么多早期民间的东西。这些从前我们生活的必需品，现在都成为珍奇的艺术品了，听说价钱还挺昂贵的。

在另一面的墙角，摆着锄头、扁担、斗笠、蓑衣、畚箕、箩筐等一些日常下田的用品，都已经是旧物了。它们聚集在一起，以精白灿亮的聚光灯投射，在明暗的实物与影子中，确实有非常之美——就好像照在我们老家的墙角，因为在瓦屋泥土地上摆的也正是这些东西。

我忽然想起父亲在田间的背影。父亲年轻时和祖父一起经营牛车场，后来祖父落地生根，父亲也成为地道的农夫了，他在农田土地上艰苦种作，与风雨水土挣扎搏斗，才养育我们成人。父亲在生前每一两个月就戴坏一顶斗笠，他的一生恐怕戴坏数百顶斗笠了。当然那顶茶艺馆的斗笠比父亲从前戴用的要精致得多，而且也不像父亲的斗笠曝过烈日、染过汗水。

坐在茶艺馆等待朋友，想起这些，突然有一点茫然了。我的祖父一定没有想到他当时跑在粗糙田路的牛车轮会像神明似的被供奉着，父亲当然也不会知道他的生活用具会被当作艺术品展示，因为他们的时代过去了，他们在这土地上奉献了一生的精力，离开了世间。他们生前没有受过什么教育，不知道欣赏艺术，也没有机会参与文化的一切，在他们的时代里只追求温饱、没有灾害、平安地过日子。

亮亮，记得我对你说过我父亲到台北花市看到一袋泥土卖二十元的情况吗？他掂掂泥土的重量，嘴巴张得很大："这一点土卖二十元吗？"在那个时候，晚年的父亲才感觉到他们的时代已经过去了。

是的，我看到那车轮、斗笠被神圣供奉时，也感叹不但祖父和父亲的时代过去了，我们的时代也在转变中。想想看，我在乡下也戴过十几年斗笠，今后可能再也不会戴了。

／ 发财三辈子，才懂得生活／

朋友因为台北东区惯常的塞车而迟到了，我告诉他看到车轮与斗笠的感想，朋友是外省人，但他也深有同感。他说在他们安徽有句土话说："要发财三辈子，才知道穿衣吃饭。"意思是前两代的人吃饭只求饱腹，衣着只求蔽体，其他就别无要求，要到第三代的人才知道讲究衣食的精致与品位，这时才有一点点精神的层面出来。其实，这里说的"穿衣吃饭"指的是"生活"，是说："要发财三辈子，才懂得生活。"

朋友提到我们上两代的中国人，很感慨地说：

“我们祖父与父亲的时代，人们都还活在动物的层次里，在他们的年代只能求活命，像动物一样艰苦卑屈地生活着，到我们这一代才比较不像动物了。但大多数中国人虽然富有，还是过着动物层次的生活。在香港和台北都有整幢大楼是饭馆，别的都不卖。对我们来说，像日本那样十几层大楼都是书店，真是不可思议的事。还有，我们二十四小时营业的不是饮食摊就是色情业，像欧洲很多书店二十四小时营业，也是我们不能想象的。”

朋友也提到他结婚时，有一位长辈要送他一幅画，他吓一跳，赶忙说：“您不要送我画了，送我两张椅子就好。”因为他当时穷得连两张椅子也买不起，别说有兴致看画了。后来才知道一幅画有时抵得过数万张椅子。他说：“现在如果有人送我画或椅子，我当然要画，但这已经是二十年前的事了。我们年轻时也在动物层次呀！”

我听到朋友说“动物层次”四个字，惊了一下，这当然没有任何不敬或嘲讽的意思，我们的父祖辈也确实没有余力去过精神层次的生活，甚至还不知道他们戴的斗笠和拿的锄头有那么美。现在我们知道了，台湾也富有了，就不应该把所有的钱都用在酒池肉林、声色犬马，不能天天只是吃、吃、吃，是开始学习超越动物层次生活的时候了。

超越动物层次的生活不只是对精致与品位的追求，而是要追求民主、平等、自由、人权的社会生活，自己则要懂得更多的宽容、忍让、谦虚与关爱，用最简单的说法：“就是要活出人的尊严与人的美感。”这些都不是财富可以缔造的（虽然它要站在财富的基础上才可能成功），而是要有更多的人文素养与无限的人道关怀，并且有愿意为人类献身的热诚。这些，我觉得是台湾青年最缺乏的。

从茶艺馆出来，我有很多感触。但因与另外一位成功的企业家有约，就匆匆赶去赴约。到企业家的家使我更加深先前的感触，他住在一幢极豪华的住宅，房子光是装潢就花掉几百万。他家里有两架极大的电视机，可能是七十英寸的样子，可是这企业家客厅墙上竟挂着拙劣不堪的外销画，还有一幅很大的美女月历。他对美感几乎是盲目的，连桌子茶杯都不会挑选，看见他家的每一样东西都让我惊心动魄。真可怕呀！这些年来，我们的社会造就许多这样对美感盲目、人文素养零分的企业家！可见有些东西不是金钱能买到的，有些有钱人甚至买不到一只好茶杯，你相信吗？

／ 人文主义的消退和沦落／

我曾到台湾最大的企业办公室去开会，那有数万名员工的大楼里，墙上没有一幅画（甚至没有一点颜色，全是死白），整个大楼没有一株绿色植物，而董事长宴客的餐桌上摆着让人吃不下饭的恶俗塑胶花，墙上都是劣画。我回来后非常伤心，如果我们对四周的环境都没有更细致优美的心来对待，我怎么可能奢谈保护环境、保护资源的事呢？这使我知道了，有钱以后如果不能改造心胸，提升心灵层次，其实是很可悲的。

当然，每个社会都有不同的困境。美国有一本畅销书《美国人思想的封闭》（The Closing of the American Mind），是芝加哥大学教授艾伦·布鲁姆（Allan Bloom）写的，他批评现在的美国青年对美好生活不感兴趣，甘愿沉溺在感官与知觉的满足，他们漫无目标，莫衷一是，男女关系混乱，家庭伦理观念淡薄，贪图物欲享受，简直一无是处。简单地说：美国青年的人文主义在消退和沦落了。

套用我朋友的安徽俗语是："发财超过三辈子，沉溺于穿衣吃饭了。"美国青年正是如此吧！

但回头想想，我们还没有像美国有那么长久的安定、那么富有的生活，在民主、自由、平等、人权上也差之远甚，可是我们的很多青年生活方式已经像布鲁姆教授笔下的美国青年了，甚至连很多中老年人都沉溺于物欲，只会追求感官的满足，另外一部分人则成为金钱与工作的机器，多么可怕呀！

亮亮！有空的时候不妨到台北市的长春路走走，有时我想，全美国的理发厅加起来都没有台北长春路上的多。也不妨到西门町走走，你在世界上的任何其他城市的街区，都不可能走一千公尺被二十个色情黄牛拦路，只有台北的西门町才有。也不妨到安和路走走，真是鳞次栉比的啤酒屋，全世界没有一个地方的人民像我们这样疯狂纵酒的……美国人在为失去人文主义忧心，我们是还没有建立什么人文主义就已经沉沦了。想到父祖辈的斗笠、牛车轮、锄头、蓑衣、箩筐这些东西所代表的血汗与泪水的岁月，有时使我的心纠结在一起。

／ 走过牛车轮的时代／

是不是我们要永远像动物一样，被口腹、色情等欲望驱迫地生活着呢？难道我们不能追求更美好的生活吗？

亮亮，有些东西虽然遥不可及，有如日月星辰的光芒一样，但是为了光明，我们不得不挺起胸膛走过去。我们不要在长春路的红灯、西门町的黑巷、安和路的酒桶里消磨我们的生命，让我们这一代在深夜里坚强自己，让我们活出人的尊严和人的美感。

给你说这些的时候，我仿佛又看见了茶艺馆里聚光灯所照射的角落。我们应该继承父祖的辛勤与坚毅，但我们要比他们有更广大的心胸，毕竟，我们已经走过牛车轮的时代，并逐渐知道它所代表的深意了。

让我们以感恩的心纪念父祖的时代，并创造他们连梦也不敢梦的人的尊严、人的美感。

来自心海的消息

几天前，我路过一座市场，看到一位老人蹲在街边，他的膝前摆了六条红薯，那红薯铺在面粉袋上，由于是紫红色的，令人感到特别美。

老人用沙哑的声音说："这红薯又叫山药，在山顶掘的，炖排骨汤很补，煮汤也可清血。"

我小时候常吃红薯，就走过去和老人聊天。原来老人住在坪林的山上，每天到山林间去掘红薯，然后搭客运车到城市的市场叫卖。老人的红薯一斤卖四十元，我说："很贵呀！"

老人说："一点也不贵，现在红薯很少了，有时要到很深的山里才找得到。”

我想到从前在物质匮乏的时候，我们也常到山上去掘野生的红薯，以前在乡下，红薯是粗贱的食物，没想到现在竟是城市里的珍品了。

买了一个红薯，足足有五斤半重，老人笑着说：“这红薯长到这样大要三四年时间呢！”老人哪里知道，我买红薯是在买一些已经失去的回忆。

提着红薯回家的路上，看到许多人排队在一个摊子前等候，我好奇走上前去，才知道他们是在排队买番薯糕。

番薯糕是把番薯煮熟了，捣烂成泥，拌一些盐巴，捏成一团，放在锅子上煎成两面金黄，内部松软，是我童年常吃的食物，没想到台北最热闹的市集，竟有人卖，还要排队购买。

我童年的时候家里非常贫困，几乎每天都要吃番薯，母亲怕我们吃腻，把普通的番薯变来变去，有几样番薯食品至今仍然令我印象深刻，一个就是番薯糕，看母亲把一块块热腾腾的、金黄色的番薯糕放在陶盘上端出来，至今仍然使我怀念不已。

另一种是番薯饼，母亲把番薯弄成签，裹上面粉与鸡蛋调成的泥，放在油锅中炸，也是炸到通体金黄时捞上来。我们常在午后吃这道点心，孩子们围着大灶等候，一捞上来，边吃边吹气，还常烫了舌头，母亲总是笑骂："夭鬼！"

还有一种是在消夜时吃的，是把番薯切成丁，煮甜汤，有时放红豆，有时放凤梨，有时放点龙眼干。夏夜时，我们在庭前晒谷场围着听大人说故事，每人手里一碗番薯汤。

那样的时代，想起来虽然辛酸，却有一种难以言说的幸福。我父亲生前谈到那段时间的物质生活，常用一句话形容："一粒田螺煮九碗公汤！"

今天随人排队买一块十元的番薯糕，特别使我感念的是，为了让我们喜欢吃番薯，母亲用了多少苦心。

卖番薯糕的人是一位少妇，说她来自宜兰乡下，先生在台北谋生，为了贴补家用，想出来做点小生意，不知道要卖什么，突然想起小时候常吃的番薯糕，在糕里多调了鸡蛋和奶油，就在市场里卖起来了。她每天只卖两小时，天天供不应求。

我想，来买番薯糕的人当然有好奇的，大部分则基于怀念，吃的时候，整个童年都会从乱哄哄的市场寂静深刻地浮现出来吧！

“番薯糕”的隔壁是一位提着大水桶卖野姜花的老妇，她站的位置刚好使野姜花的香与番薯糕的香交织成一张网，我则陷入那美好的网中，看到童年乡野中野姜花那纯净的秋天！

这使我想起不久前，朋友请我到福华饭店去吃台菜，饭后叫了两个甜点，一个是芋仔饼，一个是炸香蕉，都是我童年常吃的食物。当年吃这些东西是由于芋头或香蕉生产过剩，根本卖不出去，母亲想法子让我们多消耗一些，免得暴殄天物。

没想到这两样食物现在成为五星级大饭店里的招牌甜点，价钱还颇不便宜，吃炸香蕉的人大概不会想到，一盘炸香蕉的价钱在乡下可以买到半车香蕉吧！

时代真是变了，时代的改变，使我们检证出许多事物的珍贵或卑贱、美好或丑陋，只是心的觉受而已，它并没有一个固定的面目，心如果不流转，事物的流转并不会使我们失去生命价值的思考，而心如果浮动，时代一变，价值观就变了。

童话余响

查理王子和黛安娜王妃终于宣布分居了，为全世界还有一丝浪漫幻想的人，画下最后一道休止符。

从此，我们知道，王子和公主结婚之后，不是“从此过着幸福快乐的日子”，而是有外遇、有拌嘴、有冷眼相向的时刻。

既然王子和王妃合不来，各自去追求幸福不是很好吗？但是碍于皇室的规定，王子和王妃不能离婚，只能分居，并且规定两人在公共事务的场合必须一起出现。如果硬是要离婚，黛安娜王妃日后的王后之位立即不保，查理王子也可能为此丧失王位的继承资格。（想想也对，王子连家事都处理不好，还当什么国王？）

由于查理王子和黛安娜王妃的婚变，英国历史上许多国王和王子的糗事都被挖掘出来，婚姻不幸福的国王比例还真的很高呢！王子和公主的结局几乎可以改成：“从此过着不幸福不快乐的日子！”

在这些“不幸福档案”中，我们得到一个很好的启示，历史上，不管是皇帝、国王、总统、总理都只是极平凡的人，和一般人没有什么不同。我们在历史课本和典籍中，看到那些“过度伟大”的人，事实上，都是“过度包装”的结果呀！

任何人，在无限的宇宙时空中，都是很渺小和短暂的，大人物与小人物的不同，从这种宏观看起来，事实上只是一厘米和一毫米的距离，只是秋毫和鸭毛的不同罢了。

大人物有大人物的困扰，小人物有小人物的悲哀，但是在无常风吹动的时候，不论大小人物都只是狂风中的一粒尘沙，完全无能为力。

一个社会如果要和谐，就需要人人都有这种渺小有限之感，天下乃不是一个人的！一个社会要发展，必须人人深思自己的不足，要互相弥补、互相监督、互相提醒，小自婚姻制度，大至民主政治都是因此而设置，也因此产生其价值。

试问：一个人如果够伟大、无限、一切具足，还需要什么婚姻？

试问：一个政权如果够伟大、无限、一切具足，还需要什么民主政治？

悲剧的发生，往往在于渺小、有限、不足的人，却膨胀成为伟大、永恒、完美、毫无缺失的人。但那是不可能的，完美者不会生在人间。

任何一个人放在“完美”的天平上衡量，都会显示出他的缺失吧！只看能不能坦诚以对，像这次查理王子和黛安娜王妃的婚变，英国皇室与社会都能坦然面对，还是令人羡慕的。

水月河歌

世界光如水月，

身心皎若琉璃。

但见冰消涧底，

不知春上花枝。

——（明）憨山德清禅师·山居诗

带孩子坐小火车到淡水，去河口看夕阳。

这是我青年时代喜欢短程旅行的一条路，那时候总是一个人跳上小火车到淡水去，最好是下午时分，小火车通常是空荡荡的，给我一种愉悦平安的心情。

那时候到淡水的公车颠踬得厉害，而且要经过许多风沙的洗礼，坐火车是最好的交通工具。火车铁道的两岸，偶然可以见到水牛与白鹭鸶，放眼望去全是翠绿的稻田，时常令我想起南方的家乡，从台北到淡水就好像穿过一个美丽的传说。

到了淡水，从车站出来，我常跑到小镇的两家古董店里，那古董店被极厚的灰尘蒙住，仿佛从未清洗过，古董也堆积得乱七八糟，一般人走过也不会发现的。可是我常在里面盘桓半天，常常会找到一些令人惊喜的东西。

如果时间还早，顺便看附近几家卖竹器的小店，他们有精美的虾笼、草鞋、竹篮、价钱便宜。然后，从竹器店旁边永远泥泞的小巷穿进去就是淡水龙山寺了，那里有最安静的午后的阳光，独眼老妇泡来一壶很粗苦的老人茶，喝到完全没有味道时，正好读完一本诗集。

茶喝完后，以一种极为休闲的心情踱过古老的石板路，沿着依旧鲜明的老墙垣，先到鱼市去看鱼贩子叫卖鲜鱼，体会一下生活的艰辛，这时候看夕阳的时间大概就到了。

河口的地方通常泊着一些刻写着岁月风霜的小木舟，岸上有一些人立着钓鱼，注视着海面，钓鱼的人从七十多岁的老先生到七八岁的孩子都有，有的是阿公带着孩子。看他们站的姿势，大概可以知道他们是哪里人，外地来的人有点局促，淡水本地人则自在得近乎无为。

运气好的话，正好可以赶上从淡水开到八里的小渡轮，买了票，三三两两上船，在船上看巨大清澄的夕阳从遥远的海面落下，注意看，那海面是有间层的，靠近我们的地方是深蓝色，然后是浅蓝色、绿色，靠近夕阳的那一条线则是黄金色的。夕阳也有间层，靠海面的一端是深红色，中间橘色，上面是金色，夕阳外面是放着万道霞光的天空。

我一直认为淡江夕照是台湾最美的夕照，那是因为河海交接处非常辽阔干净，左面又有翠绿的观音山作屏障，而这里的夕阳也显得格外巨大，巨大到犹如就在身边。

看完夕阳，海面开始起夜风了，巷道里有一家著名的鱼丸汤，是由鲜嫩的鱼酱做成。热气蒸腾，人潮汹涌，喝完汤后，会觉得是人生至美的享受了。

这时不要去吃海鲜，因为如果吃了海鲜就“过度”了，过度则失去美感，应该在夜色升起之际赶搭小火车离开淡水，在离开的时候计划下一次的造访，于是，就在火车上，已经期待着下一次的淡江与夕照了。

我的青春时代有非常多的假日时光就是这样度过的，许多我喜欢的诗集也都在淡水龙山寺里读过一次。后来我结婚了，和妻子常去；有了孩子，在假日时候就带孩子去。我曾经无数次在黄昏时刻，突然造访淡水的夕阳。

雨天没有夕阳的时候也是好的，只是秩序要倒过来，先到河口去，看汹涌的蓝黑色的海水拍打海岸，看在云雾中缥缈的观音山，然后在寒气里走过泥泞的市场，到龙山寺去喝茶，像那样粗糙的茶叶我平常是不喝的，可是听着落在天井里的雨声，却能品到那茶的滋味无比。

我的孩子没有像我那么幸运，我第一次带他坐火车到淡水的时候，龙山寺的茶摊早就被寺庙赶走了，内部已全部改装粉刷，好像一个臃肿的中年胖妇，努力涂满脂粉，却反而显露出庸俗的面貌，龙山寺的岁月随着美感，同时失落在充满腥味的市场里。

古董店的好古董全部被卖光了，看一下午也看不到一个惊喜。

竹器店里的东西再也不如以前精致了。

鱼市场里，海鲜一样多，可是有时候渔人把招潮蟹也捕来卖，招潮蟹一点也没有肉，是用来骗外地人的，可见得道德的低落。

糟的是小火车所路经的两边，美景已经不再，大部分时候都弥漫着青灰色的烟尘，使人不敢大口呼吸的一种颜色。

河口的海岸上已经没有人垂钓，听说如果有人在河口边钓到大鱼已经是奇迹了，大部分鱼虾都因污染而死，不死的也往外海游去了，海面上是一片点点星星的浮油，散发着微微的臭气，在海上漂去又聚拥，好像永远不会消散的样子。

连夕阳照在海面的颜色都变了，光泽不再有任何的间层，只是黑黝黝的一片。

我的孩子很少有机会坐小火车，在火车上跑来跑去，兴奋得不得了。到河口的时候，他看海看山都痴了，他说，山好高，海好大，夕阳好美。

当他说："爸爸，大海好美。"说完赞美地叹了一口气，我也随他叹了一口气。我的孩子从来无法比较，因此他认为眼前就是最美的海了，所以叹气。我的叹气是，我永远也无法告诉孩子，我少年时代眼中所见到的同一个海口是多么美，那是他所不可能追想的。

河海的面相如此，我们差不多可以推想，那一条曾经有过辉煌人文史实的淡水，从最上游到最下游，几乎全被污染了，鱼虾固已死灭。我想，也没有人敢喝一口淡水河里的水了，一口，想必就能致命。

谁能想到，这种变化只是十几二十年的事呢？

有一位民意代表曾经在抨击淡水河川污染时，激动地希望主管污染的官员去喝一口淡水河的水，他并且说出他心底最低的希望，他说："我们不敢盼望淡水河有河清之日，但是我希望在两千年时有人敢跳下淡水河游泳，能做到这样，污染的防治就成功了。"他的心情我是可以理解的。

带孩子回台北的时候，天色已经全黑了，我回望淡水，想起少年时代的情怀与往事，都已经去远了，是镜花，也是水月，由于一条河的败坏，更感觉到那水月镜花是虚幻不实的。

那一切的水月河歌，虽曾真实存在过，却已默默流失，这就是无常。

无常是时空的必然进程，它迫使我们失去年轻的、珍贵的、戴着光环的岁月，那是可感叹遗憾的心情、是无可奈何的。可是，如果无常是因为人的疏忽而留下惨痛的教训，则是可痛恨和厌憎的。

“世界光如水月，身心皎若琉璃”，这个世界的水月不再光明剔透了，作为一个渺小的人，只有维持自心的清明，才能在这五浊的世间唱一首琉璃之歌吧！

我抱紧我的孩子，随火车摇摆，离开了淡水，失去了一个年轻时代的故梦。

时间道场

一分钟很短，但是，一分钟比五十九秒还长，比一秒钟更长得多，所以，要珍惜每一分钟。

佛经里最短的时间是一刹那，等于七十五分之一秒。一念里有九十刹那，一刹那有九百生灭，因此连刹那也是无限。

佛经里最长的时间叫“阿僧祇”，是不可计算、无量数的意思，据称一阿僧祇有一千万万万万万万万万万兆年，可是又说：“一念遍满无量阿僧祇劫”，因此长短并没有分别。

一弹指，也是佛经的用语，一弹指有六十五刹那，有的经说一弹指有九百六十生死，有的经说一弹指之间心念转动九百六十次。还有说二十念为一瞬，二十瞬为一弹指。又有说，四百念为一弹指，一万二千弹指是一昼夜。并不是佛经不统一，而是时间乃相对的概念，不是绝对的。

有的人一分钟当千百世用，有的人千百世轮回生死业海茫茫，不及别人的一弹指顷。

一寸时光，就是一寸命光，每一眨眼，命光就流逝了。因此，注意当下，就是珍惜永恒的生命。

在思想与思想之间，时间一定留有空隙，只要进入那空间，有觉察的力，时间就等于智慧。

不要期待永恒的理想，若能安住在此刻的时间上，此刻就是净土，就是永恒的理想。

“万法归一，一归何处？”其实，一就展现了万法，就像一秒钟不能从一万年抽出，一万年则是由一秒钟组成。

年龄不能作为智慧的依据，因为每个人都是宇宙的老人。上帝未生之前，我就存在了，这是宇宙的真实。

有理想、有壮怀的人不因时间消逝而颓唐，而是到死的瞬间还保持向前的心。

我喜欢两副对联：

世事如棋局，不着者便是高手；
一身似瓦瓮，打破了才见真空。
两个空拳握古今，握住也须放手；
一枝金笏担朝政，担起也要歇肩。

真是道尽了人与时间赛跑的关系，人不能与时间赛跑，但人可以包容时间、善待时间。

极大之处，有极小存在；极近之处，有极远存在；极恶之处，一定也有佛存在。

时间是空，但它创造了无限的有；时间是不可捉的，却制造许多可捉之物；时间的空与不空是同一质、同一味。

“万法是真如，由不变故；真如是万法，由随缘故。”时间从未变过，因为钟表、日夜都不是时间；但时间也从未住留，因为整个宇宙都是时间的痕迹，时间的道场，在为我们说缘起的法、生灭的法。

从最根深处站起来
——摊贩素描

／ 一双未完成的鞋子／

我们不管在什么时间，从任何地方走过，都很容易看见一个场景：许多人围聚在一起，看着小小的摊位出售货品。

我们或者会停伫下来买一点东西。

我们或者会站着看他们卖些什么。

大部分的时间，我们视若无睹地走过，冷然无情地走过。

于是，那些生活在我们四周的人，便与我们没有什么相干。我们不知道他们的生活、他们的背景，甚至不知道他们是从什么地方冒出来的。

有时候，我们会抱怨他们阻碍了交通，妨碍了秩序；有时候我们会为自己在无意中买了便宜的东西而高兴；有时候，我们会问："他们大概赚了不少钱吧？"

这是我们对摊贩的一般观念。摊贩虽然与我们的生活有一定的联系，他们却仿佛生活在另一个神秘的世界里，我们看不见他们的辛酸，也看不见他们如何从最根深处站了起来。

多年来，我接触了很多摊贩，我佩服他们面对生活的勇气。他们虽然做着最卑微的职业，但他们和生活苦斗着，光是这一点，就足以给我们很大的启示。

在写这些摊贩前，我想起了童年的经历。

七岁的时候，我用一个铜板一个铜板攒聚起来的少量金钱，向小镇街边的摊贩买了一盒油彩。回到家里，我把那盒十二种颜色的油彩一条条挤出来观察，当色彩从管子中出来的一瞬间，我领悟到人间的色彩，那种色彩的感觉一直跟随我到今天。

然后我想，我要画什么呢？

我选择了画那个卖油彩的摊贩。

我便每天背着油彩坐在摊贩对街的农舍屋檐下，画那一个瘦小的老摊贩。他穿着厚重的棉衣、戴黑色毛线帽的形象给我很大的震撼。可惜当我画到他那一只开口笑的皮鞋时，一个警察走过来把他赶走了，使我童年的第一张色彩画一直没有完成，以后我再也没有见过那个老摊贩。我每天孤独地站在未完成的画前，因为无法涂抹最后的那一只鞋子而苦痛不堪。

我甚至为他哭了。他会到哪儿呢？他再不再卖油彩呢？我迷惑而哀伤地思念着那一位老人。童年那一段不快乐的经历在我日后的生活投下了很长的阴影，很久都无法散去；也使我对摊贩怀有一种特别的情愫——这些生活在社会最底层的“游牧民族”在我内心投下了很特殊的印象。

当我遇见一个摊贩，童年的印象便会浮现出来。如今我写摊贩，只是要了却那最后的一抹未完成的画的心愿吧！

／ 自足地面对生活的挑战／

冷风呼吼的冬天，我到东部一个小渔港去。清晨，我独自走到临近海边不远的鱼市场，为的是观察渔民在晨曦起时如何进行他们的交易。

在鱼市场里，可爱的渔民们正在兴高采烈地出售他们的鱼。渔民们自兼摊贩大声地吆喝着，特别让我觉得真实而感动；这时候，一个摊贩的形象吸引了我。

他把一箩筐一箩筐的鱼从三轮货车上卸了下来，大声叫着："来喔！新鲜的、最好的鱼在这里！"我走过去，他转过身来，我看清了他嘴角留着两撇稀朗的猫须，有一些槟榔汁还残留在他的唇边。

他戴着一顶载满了风霜的鸭舌帽，穿一双黑色雨靴，衣服沾满了鱼的腥香，最让我吃惊的是他的表情，他始终带着微笑，非常自信自足地推销他一夜辛苦捕来的鱼。

渔民摊贩看到我拿了相机，他欣悦地微笑着，然后抓起箩筐中的一条鱼对我说："你要拍照就要拍最好的鱼，我这里的就是最好的鱼。"后来，我陪他一起卖鱼，由于他的自信，他的鱼很快卖完了，卖完鱼他高兴地收拾箩筐，哼起渔人的一首歌："透早就出门，天色渐渐光……"

渔民四十二岁了，他告诉我，他生活的信心来自他的祖先。他在幼年时就陪父亲在鱼市场贩卖自己捕来的鱼，他说："我们家四代卖鱼，当然卖得最好。"他认为渔民的生活虽然很辛苦，但是没有什么可抱怨的："我祖父、父亲都这样过来了。"

那个渔民自足地面对生活的挑战的态度，给我很大的撞击。我站在该地，看他的三轮货车绝尘而去，鱼市场喧嚣的声音突然隐去，只剩下他的形象在脑中盘旋。

／ 去伤解郁，根治百病／

妇女百病

心脏无力

关节抽痛

气血两虚

脚风手风

寒热咳嗽

九种胃痛

跌打损伤

五劳七伤

神经衰弱

失眠夜梦

梦泄遗精

精力不足

记忆减退

一块白布条上写了这些用红色漆成的大字，一位神情矍铄的老人正在白布条后推销他的“祖传秘方”。在南部一个小镇上，我很吃惊地站定，看他简单的药粉竟可以治愈那么多“现代病”，尤其让我惊奇的是，老人斩钉截铁的神情。

他说："神经衰弱吃一包就见效，败肾失精吃两包就见效，各种胃肠病吃三包就见效。这款药粉不是普通的药粉，是数百种草药、数十年的经验所炼成的，吃一罐治标，吃两罐治本，长期服用，活百年。"

老人"去伤解郁，根治百病"的药方，竟然说动了旁观的民众，一个小时不到，老人卖了一万多元的祖传秘方，他药箱里的药几乎全卖光了。老人收拾好行李，我和他在凌晨的夜街上步行时，他告诉我，这种药确实有效，是他祖先几代赖以为生的药方，可以"有病治病，无病保身"，绝对错不了。

老人已经七十岁了，他还要将这个药方留给他的子孙，他说自己是个江湖人，每隔几天就要换一个码头，"只要带着一箱药粉，我就可以走遍天下了。"

穿着黑长褂、黑布鞋、红毛衣、白衬衫的老人，在街上的形象非常深刻，他像流浪在乡间的许多江湖人一样，生命在静默地流转。

基本上，我不太相信有一种可以包治百病的药粉，由于老人的流动性，到底灵不灵也没有人验证过，但我佩服老人的生命力，正如他的药粉一样，在西药已经风行的今时今地，他还能坚忍并且有力地在乡间每一个角落跳动。

／ 不要忘记我们的“粿” ／

有一天我路过华西街，被路边一个三尺见方的小摊贩吸引住了，一位二十出头的年轻人和他的妻子正在忙碌地包装一些“红龟粿、菜头粿、芋仔粿”卖给路过的人。

他们的忙碌很出乎我的意料，许多中年老人路过时买一个边走边吃；像粿这种传统的零食没想到流行了这么多年还受人欢迎。

我访问了那对年轻的夫妇，在他们的摊位上只点一盏五烛光小灯的夫妻。

他们在那里已经摆了四年的“粿摊”，收入相当不错，动机是：“我们有一次在外祖母家里吃了粿，真好吃，就想到这样的东西数千年来还受到民众的欢迎，一定有它的道理在，何不摆个摊位试试看呢？请教了外祖母制作方法，便尝试性地摆摊，没想到一摆就几年下来了。”

那个粿摊是很受欢迎的，它有固定的老主顾，尤其是年节庆典时更是供不应求，夫妻两个忙得不亦乐乎。

本来沉默站在一旁的太太说：“中国人还是吃中国人的东西卡惯势。”

他们的生活没有什么烦忧，夫妻俩都认为卖粿的行业是“前景看好的”。我很喜欢这对劳动的小夫妻，他们白日在家中努力地做粿，夜里出来摆摊，生活在自足的小天地里，甚至他们的粿也在那里被摆出一点名声了。

我想，借着许多小摊贩，中国传统的吃食和民间工业才得以保存，并在民间展现它的活力。如果没有这些勤劳的摊贩，很可能我们要失传了许多可贵的东西。

那些失传的东西像“粿”一样，在民间小摊贩间总会留下一些肯定的声音：

“红龟粿、菜头粿、芋仔粿……这里天天卖。”

／ 捡回失落的鞋子／

摊贩们固守自己天地的生活并不是很安定的，有一回，我走过台北市的一条大马路，就看到一幕惊心的影像。

一排卖小吃的摊贩中有一位妇人，带着她大约三岁大的女儿在卖肉羹，许多人围着摊子吃着一碗七元的肉羹，妇人熟练地从大锅里舀出肉羹，放一点佐料、一点青菜，然后端给站立着吃肉羹的人。她不断地重复着那一个单调的动作，最难得的是，脸上始终带着笑容。她的女儿则乖巧地蹲在旁边玩耍。

“警察来了。”突然，在前头的第一个摊贩叫起来了，所有的摊贩便惊惶地奔窜着。妇人的累赘太多，她迅速用右手抄起女儿抱在怀中，左手推着那一辆摊贩车向小巷中拐了进去，许多吃肉羹的人端着碗跟着她的摊子一起跑。

很快地，妇人与她的摊子消失在街的尽头。

但是，她女儿的拖鞋却因为匆忙奔跑，掉落在街心，空旷的街上两只小鞋子显得格外凄清，两个穿着制服的警察走过，等警察走远了，那个妇女才蹑手蹑足地回来捡女儿的鞋。

她那余悸犹存的心惊样子，一时之间也让我手足无措，我觉得悲怆。

摊贩认为，他们除了面对生活的勇气之外，有时候自尊就像匆忙中丢落在大街上的鞋子，要随时一次一次地捡回来，然后穿上鞋子，然后面对新的挑战。

当然，警察是对的，可摊贩为了求生活也没有错，到底是什么地方错了呢？

／ 从最根深的地方站立起来／

每一个人都应该知道如何调整自己，以便在扰攘的尘世中立足，摊贩也不例外，他们不是生来便注定做摊贩，因此他们必须不断地自我调整。

如果社会是一棵树，摊贩必然是土地下最末梢的根须，我们也许会忽略他们，但是在一棵大树的成长中，他们供应了相当大的动力。

他们的自足、自信和挺然站立，使我们整个社会可以从最根深处站立起来。

写到这里，我又想起了童年那双未涂抹完的摊贩开口笑的皮鞋，我还是留下了最后一笔，我希望能常常面对它。

真实的慈悲弥足珍贵

我记得从小开始，每次我要出门时，妈妈一定会说："小心点！"后来，我开车了，出门她一定不忘说："开车要小心点！"我也每次都说："知道了。"今年过年，我回家探望妈妈，我在高中任教的哥哥说，他每天要到学校上课时，妈妈都会叮咛他："开车要小心点。"后来，他们两人就变得很有默契，每次他临出门，说完："妈，我要去上课了。"不到一秒钟，母子两人就会不约而同地说："开车要小心点。"

我还有一个弟弟在报社当记者，他每天要去上班时，我妈妈也会嘱咐他：“开车要小心！”这就是“老婆心切”，同样的一句话为什么要一再重复，一再提醒？因为这是很重要的事情。

我们看大乘的佛经，每一部都告诉我们要有慈悲心，要有智慧，要戒定慧，要开思修等等，为什么要一再重复呢？就是“老婆心切”，禅宗常常讲到“婆心”，也就是“老婆心切”的简称。一个人学佛有点心得时，就会变成老太婆一样的心情，看到别人都讲同样的话，就像妈妈一样，每天都要说：“开车要小心点。”

回过头来说：“慈悲智慧”这四个字真的非常重要，如果慈悲和智慧无法开启的话，学佛就有点白学了。当我讲到这四个字时，常想起妈妈叮咛的神情，也想到在这个世界上，最重要的东西莫过于生命，如果我们开车时，不小心丧了命，那就什么事也不用再谈了，同样的，如果一个佛教徒失去了悲和智，那么也别谈什么佛法了。因为失去了悲和智，就如同一个人失去生命，没有了下一步。

最近一两年，我经常感到很惶恐，那就是我在讲慈悲和智慧时，无法真实呈现它的面貌，所以自己在讲的时候感觉空空荡荡，别人听来也觉得不能落实，好像是老生常谈。听久了失去新鲜，慈悲和智慧就失去它的意义，就像妈妈告诉你，“出门要小心。”你听了也就算了，开起车来照样横冲直撞，有时候撞得头破血流，才知道原来妈妈讲的话是从生命的体验得到的。慈悲和智慧也是如此，虽然讲来平常，却是至关重要。

记得六七年前，我还是在报社服务，那时候年轻，喜欢耍帅，就买了一部雷诺橘红色滚金边的跑车，当时那部跑车在台湾可说是独一无二。我每天开着快车到处乱跑。有一天，到乡下吃尾牙，带着酒意开车要回台北，由于酒醉又车速太快，很不幸撞倒路边两棵行道树，自己也撞得头破血流，下了车，我看到倒下的路树上面挂了一个牌子：“此处车祸多，驾驶请小心。”当时，我心底非常懊恼，也想到从前开车经过此地常常看到这个牌子，却没有特别感觉，等到撞车后才知道，原来这个牌子非常重要。

所以，当我们面临生命的困境、挫折、打击时，才知道智慧和慈悲的重要。也只有在学佛有点心得，并且在生命里受到很多愚蠢的折磨和刚强的教训，才知道它不是空话，而是非常真实。然而，对于一个刚开始起步学习佛道的人来说，慈悲和智慧却是非常难理解的，为什么呢？其中有两个原因，第一，因为慈悲和智慧在外表难以检查，第二，慈悲和智慧在内心难以验证。

为什么外表上难以检查呢？举个例子，宋朝诗人苏东坡是一个虔诚的佛教徒，他有一个爱妾受到他的感化，也成为佛教徒，这个妾非常喜欢放生，也因此得到慈悲的名声。有一天，她又出外去放了很多生灵，累了一天回到家里，看到院子里有一群蚂蚁正在吞噬掉落地上的糖，这个妾毫不犹豫地一脚举起，将所有的蚂蚁全部踩死。苏东坡在一旁正好看见了，就对她说：“你这样放生有什么用？你的心里根本没有生命和慈悲的观念。”他因此非常感叹说：“真实的慈悲是非常困难的，在外表上难以检查。”也就是说，从外表上很难看出一个人是否慈悲，假定一个人乐捐一百万元，是不是就表示他很慈悲呢？不一定的。对家产上亿的人而言，布施一百万元就如同我们捐一百块是一样的，如果一个人只有一百块，却布施八十块，那么，他的慈悲比那些布施一百万的富翁还要高超，我们在生活中经常看到这种例子。

有一次，我在忠孝东路统领百货公司前，看到有一个师父站在那里化缘，路过的人有的给他钱，有的没给，由于天气太热，这个师父站得满身大汗。我看到一个孩子手上拿着半杯汽水，他看到师父满头汗，便走到师父面前，将剩下的半杯汽水递给他，师父接过汽水后，并没有喝，继续托钵，那个孩子扯着他说："师父啊，你喝呀，你喝呀！"结果师父非常尴尬地一面托钵，一面喝着汽水。我看到这一幕很感动，因为这个孩子很慈悲，他的手里只有半杯汽水，在炎热的天气下，仍将汽水布施给师父，这便是真实的慈悲。

我们经常看到港片里有许多打打杀杀的英雄，这种影片有一种公式化的角色，就是黑社会的头子，他们在表面上都是大慈悲家，经常布施，得到慈悲的名声，可是，暗地里，却都在贩卖毒品，杀人放火，无所不为。这使我们知道一个小儿真实的慈悲比起虚伪的外表看来很大的慈悲，还要珍贵得多。

慈悲不仅在外表上难以检查，连自己内心的慈悲都难以检验。譬如有时候我们检讨自己当天做了哪些好事时，可能想到当天买了一串玉兰花，卖玉兰花的妇人回家可以买一杯汽水给她儿子喝，或者是在街上给乞丐十块钱，供养师父一百块，想来自己好像满慈悲，其实，这些行为并不全然是慈悲，有的只是一种习惯，或者同情、施舍。这样的慈悲还比不上你在路上顺手捡起一根香蕉皮，以防有人滑倒；也不如你搬开一块大石头，以免别人跌倒。

作为一个佛弟子，我们每天都要自问："我是不是够慈悲？"而像我自己也没有肯定的答案，但是我们可以确定的一点是：如果有一个人天天说："我已经够慈悲了，我真的很慈悲。"那么他的慈悲一定不够。我们应该常常问："我是不是够慈悲？"答案是："不够，我还要更慈悲一点。"

真正的智慧是无法看出来的

所谓智慧也和慈悲一样，在外表和内心都难以检查，智慧在“佛教”中称为般若，就是微妙、玄妙、奥妙的智慧，也可以说是三昧或伟大的空性。佛经里有一句话很有意思叫：“迦叶三昧，迦叶不知，阿难三昧，阿难不知。”迦叶尊者证得三昧时，他自己并不以为是最高境界，阿难尊者证得三昧时，也不以为自己已经证得了三昧。

佛教里曾经讲过一个故事，从前有一个修行人叫阿难，他的修行非常精进，有一天他从中国北方到南方的普陀山去朝观世音菩萨，走到半路遇到另外两个也要去朝圣的师父，三个人就结伴往普陀山的路上走，走到半路不慎误入沙漠，三个人又渴、又饿、又累，其中一个人对另外一个人说："听说在某座山有个修行者叫阿难，修行很好，只要至心向他祈请，就可以有饭吃，我们现在坐下来开始专心念他的名字。"两人专心地一直念，果然涌现饭和水，就开始吃。阿难在旁边看了很奇怪，就问："为什么你们有饭吃，有水喝？"他们说："我们祈求一位伟大的修行者得到的饭。"阿难问："这位伟大的修行者住在哪座山上？"他们说住在某某山。阿难一听，那不是我住的山吗？就问他们："那位修行者叫什么名字？"他们说："叫阿难。"阿难一听，那不是我吗？为什么他们念我的名字有饭吃，我自己却没有。其他两人便劝阿难念自己的名字，他就坐下来专心念自己的名字，果然有水可喝，有饭菜可吃。

听到这个故事真令人感动，阿难已经修行很好了，可是他从来都不觉得自己很好，还向自己祈求。我们在庙里常看到观世音菩萨的塑像，有的塑像脖子上还戴着念珠，或者手上拿着念珠。有一次，苏东坡和佛印和尚走到一座庙里，看到观世音菩萨手里拿着一串念珠，他就问佛印和尚说：“观世音已经是菩萨了，手上为何还拿着念珠？”佛印回答说：“他在念菩萨。”苏东坡又问：“他在念哪一个菩萨？”佛印说：“他在念观世音菩萨。”苏东坡不解地问：“他自己是观世音菩萨，为什么还要念自己的名字？”佛印说：“求人不如求己呀！”这个故事也告诉我们般若、空性、三昧这些东西都非常难以检验。

禅宗里有一个很重要的东西，就是师父的印可，譬如说一个人已经悟道了，却不知道自己是否真实地悟道，这时候就要去行脚，参访善知识。参访有时为了参访一个好老师，有时为了寻找一个得道的印可，为什么要印可，因为只有别人才能清楚看到你的般若、空性、三昧。所以大家不必怀疑自己是否有智慧、空性、三昧，不必经常想这些问题，因为这些答案不是思索可以得到的，只要努力修行就够了。

智慧不仅是内在难以检验，从外表上，我们也看不出这个世界上谁最有智慧。常常有人跑来告诉我："林清玄，从你的书看来，你实在是一个有智慧的人。"我听了很惭愧，回家后想到几个问题，第一，我的智慧还不够，不然别人怎么会那样轻易看出我的智慧，如果智慧很高的话，别人就看不出来。像南泉普愿禅师有一次到一个村庄去访问，走到村庄入口时，村长带了很多居民出来迎接，普愿禅师深感奇怪说："我要到哪里，从来不曾告诉过别人，你们怎么知道我要来，还出来迎接？"村长说："因为昨晚土地公托梦给我，说你今天要来我们村庄，所以我特地出来迎接。"普愿禅师听了长叹一声："哎，我的修行还不够，要不然怎么会被鬼神看见！"所以，当别人赞叹我们有智慧时，不要太高兴，别人能够轻易看出我们的智慧，表示我们的修行还不够。

我想到的第二个问题是：赞叹我有智慧的人一定比我还有智慧，不然怎么能看出我的智慧？前几天，台中有一位姓许的居士听到我演讲的录音带非常感动，一天早上，他六点就起床，发愿当天一定要见到我，于是从台中坐车上了台北，那时我住在桥仔头乡下，他找不到我，就跑到九歌出版社去问，出版社的人也不知道我在哪里，他便又跑到《福报》去问，后来《福报》的人告诉他我在乡下，他跟我通过电话后，便开着车到乡下来看我。他为什么要来看我呢？因为他从我的文章中感觉出我很穷困，他热情地对我说："林清玄，你有什么需要就打电话给我，你需不需要房子、汽车？"我说："不需要。"他说："我刚才在外面看到你的汽车很旧了，我买一部新的给你。"我听了很感动，可是我觉得有旧车开也不错。为什么他觉得我需要这些东西？因为他很有钱，所以看出了我的穷困，若是一个人比我穷困，就会看出我很有钱。同样的道理，如果有一个人告诉你："你怎么那样有智慧？"正表示他比你有智慧，不然怎可评断你呢？

第三个问题是：这个世界上许多人都很有智慧，可是他们却没有说出来让别人知道，不像我们有一点点的领悟和开启就想告诉别人，所以，当别人赞叹我们时，要怀着惭愧的心。

我想到的第四个问题是：我要学习阿难和尚的精神，不要让别人看出自己有何特殊，这才是真正的智慧，因为真正的智慧是一种空性，无法看出来的。

回想一下，我们经常讲慈悲和智慧，可是二者却很难检验，不仅凡夫如此，即使修行很高的师父，也很难检验自己的慈悲和智慧。我举一个例子，从前在西藏有一个高僧，大家都公认他的修行很好，这个高僧也是庙里的主持。有一天，他听到有一位大施主要到庙里来布施，心里非常高兴，想着大施主一来，一定会捐很多钱，他便可以将残破不堪的庙重建一番。为了给这位大施主良好的印象，他率领着庙里的师父刻意将环境打扫整洁。当打扫工作快结束时，这位高僧突然想起自己的动机，顿时非常惭愧，便抓起几把扫好的灰往庙里撒过去，然后走出了庙。

这个故事非常有启发性，即使像这样一位大家公认的高僧，也是到快打扫完时，才检验到自己的空性受到污染，何况是凡夫？所以，我常常在思考一个问题，就是对于一个修行或者学佛的人而言，有什么简单的方法可以用来验证自己的慈悲和智慧？同时要如何在自我反省中，开发智慧和慈悲？我自己认为有一个很简单的原则，那也就是我今天所要讲的题目：“柔软心”。

广大的心可以改变世界

一个人的心如果不够柔软，就无法检验自己和智慧，反之，则可以检验内在和外在的东西。谈到柔软，大家的脑海里立刻会浮现很多事物，诸如莲花和剑兰的花瓣、天上的云、地上的草。柔软的东西会随着外面世界的舞动而动。若是刚强的话，便无法感受外面的风吹草动。

禅宗有一个故事：有一次，六祖慧能听到两个和尚在辩论，这两个和尚看到寺庙里的旗子在动，一个说："那是风动。"另一个说："那是幡动。"慧能说："不是风动，也不是幡动，而是仁者心动。"

当时他讲这句话时，正巧被一位在台上讲经的师父听到，立刻下台来请他上台去讲经。为什么不是风动，也不是幡动，而是仁者心动？风和幡都很柔软，但是有一个东西比这两样东西还柔软，那就是各位的心。心若是非常柔软的话，就可以简单地检视风和旗子的动，若是刚强的话，风动就是风动，旗动就是旗动，感受不出风向，所以心的柔软是很重要的，它可以用来检验慈悲的风和智慧的旗。

接下来的问题是：如何使心柔软，或开启柔软心？我自己归纳出几点开启柔软心的方法，第一从心的广大来开启。经典或佛菩萨的说法告诉我们："心可以包容十方三世。"三世是无始劫以来的过去世、现在世和未来世。也就是说，广大的时空观点可以开启一个人的柔软心，最广大的时空观点是什么呢？我们知道当今的科学家已经研究出五度空间，分别是深度、广度、袤度、时间的空间、心的空间。如果一个人能够将这五度空间全部开启，就能有柔软的观点来看待这个世界。

一切的事物都可以用五度空间的观点来看，譬如天空又深、又广、又袤、又长久，并且可以和我们的心互动，大地和人也是一样。可是为什么有的人只有两度或三度空间，只能看到深、广和短暂的时间，无法开展时空的广度？

这个世界上有很多众生也无法知道五度空间，譬如蚂蚁只知道前后、左右两个空间，它无法抬头看天上，也无法离开地平线，所以它眼睛里只有两度空间。还有一种生长在稻梗里的虫，这种虫只有一度空间，因为它在一辈子里从来没有离开过稻梗。像我很同情百货公司里的电梯服务员，虽然电梯在移动，可是她们整天都在电梯里，所以空间并没有改变。

因此，扩展心的广度对于心的柔软是有帮助的，而这一点是可以锻炼的，譬如当我们遇到事情时，若能退后一步，就能看到比较大的空间，如果我们往前看，便只能看到小空间。同时，要常常在静处看，在人潮中，若自己的心是安静的，便能做很好的关照，另外，还要从远处看。我常常说两句话："捕鱼的渔夫是看不见海的，追鹿的猎师是看不见山的。”一个人要去捕鱼时，想的是鱼、捕的是鱼，没有心情抬起头来欣赏海上的风光。同样的，猎人每天在心里追杀鹿，心里装不下整座山，为什么？因为他们往往从小处、近处、动处来看，便无法柔软广大地来看这个世界。我们在生活中常常碰到一个问题，某些人被情侣抛弃后，会心存“我要死给他看，好让他痛苦一辈子。”然后就真的去自杀了，有的人从高楼跳下来，摔断了两条腿没有死，有的喝了毒药，胃肠都烂掉了，仍被救活了。这样做不但没让对方痛苦，自己反而痛苦一辈子，因为他们都从小处、近处看，被外境所转动。我常常劝这样的人说：“这样做不会使对方痛苦一辈子，因为你的痛苦是控制在你的手里，而别人的痛苦是由别人所主宰的，很可能你死了，他一个星期就复原，或者很高兴摆脱一个包袱，那么，你的死便完全没有意义。”由于我们的心不够广大，所以看不到事实，若能退后一步来看，也许会想：“幸好被这种人抛弃，以后我就能嫁娶更好的对象。”如此一想，天地便豁然开朗，心也变得柔软起来，可以包容伤害。

另外一个使心广大的方法是：对业、因缘、因果有一个好的看待。对于佛教徒而言，最严重的问题便是业无法超越，以及因缘、因果无法改变。我自己有时候在夜晚想到这个世界的业、因缘、因果，想得都会流泪，当我们看到这个世界上所有人都在受苦、忧伤、挣扎、受困于业报时，会使我们不由得流下眼泪，佛教里说这种战栗为“身毛皆竖”。为什么呢？因为业是无法改变的。《地藏经》告诉我们：“骨肉至亲，不能代受。”它是说地狱里每个人都很苦，即使在那里碰到爸爸妈妈，虽然有心承担他们的业，却不能如愿。《地藏经》又说：“骨肉至亲，无肯代受。”讲到这里真令人感慨，如果“骨肉至亲，不能代受”“骨肉至亲，无肯代受”，那么，我这么努力修行、清净自我，又有何用？这样一来，便使我们陷入业、因缘的困境，业和因缘的困境不仅是我们自我的，也是众生共同的困境。每当我陷入悲观时，就会不由自主地关照禅宗的公案。因为经典里告诉我们："骨肉至亲，无肯代受。"可是禅宗里却提到一个徒弟说："我有业的束缚，该怎么办？"师父说："你把业拿出来给我看看。"结果徒弟拿不出来，也就豁然开朗。禅告诉我们，在自性的光明里，业是了不可得的，人人都有光明的自性，人人的业也都可以了不可得。就这样一念之间，便可以让我们扫掉业和因缘的困境。

然而，这里面却又充满了矛盾，这种矛盾有时候是很难解的，经典把业讲得那么严肃，不能解脱："众生举止动念无不是业，无不是罪。"而禅宗却说不管有多少业，"慧日一出，黑业立尽。"到底那一个才是对的呢？

于是，我们便会思考一个问题，那便是每个人的一生都很渺小，宛如一粒沙子，佛陀也说过一个人就像恒河边的一粒沙子那般渺小。从业的观点来看，每一粒沙子都是独立存在，和别的沙子毫无关系，所以，沙子只有自我清净的能力，无法去清洗旁边的沙子，也就是说，我们虽然很想度化爸爸妈妈、哥哥姊姊，可是我们没有能力去清洗他们，除非他们清洗自己。即使是最临近的那一粒沙子，要清洗它都是不可能的，这就是业和因缘的观点，也是“骨肉至亲，不能代受”的观点，从这种观点，很可能发展出一种观念，那就是当我们打开报纸或电视，看到一个人将另一个人全身捅得像马蜂窝时，有些佛教徒就会说：“这都是业啊！是他前辈子欠他的，才会被杀掉。”每当我听到这种说法，忍不住会“身毛皆竖”，真的都是业吗？如果我们的观点只局限于业，因缘都只能累积，不能转化，那么就会产生一个很严重的问题，也就是使我们失去对被伤害者的悲悯，以及失去对伤害者的斥责。如此一来，我们不但失去悲悯心，同时也失去对恶质东西的反抗、失去了良知和正义感。

在一个有柔软心的人看来，世界上所存在的每一件恶事，不应该由当事人来承担，而是整个社会要相对地来承担负责，只有如此，真实的正义才可以抬头，全体的道德才有落脚的地方，人间净土才有实践的可能。

学佛的人每天念“南无阿弥陀佛”，希望能到西方净土去投生，其实，西方净土的人并非完全清净才去往生，如果说，西方净土要完全清净的人才能去往生，那我们就很难到极乐世界去，因为我们都不是完全清净的人，应该是一个众生背负着他的罪业投生到清净的环境里，他就自然清净起来，所以，不论什么样的众生，到了西方净土，都可以纯净起来。因此，这个世界上一切众生的痛苦，不可以因从前所造罪业而活该当受。修行的人不应该有一丝一毫“活该”的念头，如此才能使自己的心广大而柔软起来。显然的，这个世界上每个人都在受业报的纠缠，但是不应该人人都是活该的，我们虽然无法解开众生的业、因缘、因果，但是在观察事物时，不应该只看到一粒沙，而要看到整条河流，我想佛陀最伟大的地方是：他看到整条恒河，而不只是恒河边的一粒沙，这也是菩萨道安顿的基础。

为什么有菩萨道，而菩萨道还可以安顿？就是因为菩萨在看罪业、因缘、因果时，不只看到一粒沙，而是看到整条河岸的沙。看到了整条河岸的沙，虽然会使自己觉得渺小，却不是完全无助的，而且很显然，一粒沙是生命中无可改变的困局，然而，当我们看到生命的苦楚时，不应该只看到一粒沙，而是看到整条河岸。佛陀看到人会生、老、病、死，他不只是看到一个人而产生悲悯，他看到的是每个人都会生、老、病、死、爱别离、怨憎会……，也就是所有众生所面临的共同困境。如此的想法，就使我们有了广大的观点，也使我们有了一个非常柔软的心来包容这个世界，这种包容使我们骨肉至亲可以代受，还肯代受，不仅如此，即使是有缘无缘的一切众生，我们都愿意去承受他的罪业和苦楚，这样的修行才是广大有意义的。透过良好的角度来关照业、因缘、因果，就可以使我们看到这个世界美好的一面、菩萨的悲心，以及世界之所以如此困顿、遗憾，无非要锻炼我们，使我们充满悲心和柔软。这么一来，我们也不会受到业和因果的局限。

业、因缘、因果都是佛教里非常坚强的东西，而菩萨道的修行就是要告诉我们，一个人的心量如果广大的话，就可以改变这个世界、宇宙和人生，唯有这个观点成立，佛经里记载的菩萨才有落脚的地方。观世音菩萨可以改变我们的业，文殊师利菩萨可以改变我们的智慧，地藏王菩萨可以承担我们的罪业，这些在经典里都记载得很清楚。从这个观点来看，我们便突破业和因缘的困境，进入菩萨的柔软心。

以从容心品百味

于细微处落笔，于世俗生活的描绘中细细品味酸甜苦辣，人生百味。

红心番薯

看我吃完两个红心番薯，父亲才放心地起身离去，走的时候还落寞地说：“为什么不找个有土地的房子呢？”

这次父亲北来，是因为家里的红心番薯收成，特地背了一袋给我，还挑选几个格外好的，希望我种在庭前的院子里。他万万没有想到，我早已从郊外的平房搬到城中的大厦，是根本容不下绿色的地方，甚至长不出一株狗尾巴草，不要说番薯了。

到车站接了父亲回到家里，我无法形容父亲的表情有多么近乎无望。他在屋内转了三圈，才放下提着的麻袋，愤愤地说："伊娘咧！你竟住在这无土的所在！"一个人住在脚踏不到泥土的地方，父亲竟不能忍受，这也是我看到他的表情后才知道的。然后他的愤愤转变成喃喃："你住在这种上不着天下不着地的所在，我带来的番薯要种在哪里？要种在哪里？"

父亲对番薯的感情，也是这两年我才深切知道的。

那是有一次我站在旧家前，看着河堤延伸过来的菅芒花，在微凉的秋风中摇动着，那些遍地蔓生的菅芒长得有一人高，我看到较近的菅芒摇动得特别厉害，凝神注视，才突然看到父亲走在那一片菅芒里，我大吃一惊。原来父亲的头发和秋天灰白的菅芒花是同一种颜色，他在遍地菅芒的野地里走了几百公尺，我竟未能看见。

那时我站在家前的番薯田里，父亲来到我的面前，微笑地问："在看番薯吗？你看长得像羊头一样大了哩！"说着，他蹲下来很细心地拨开泥土，捧出一个精壮圆实的番薯来，以一种赞叹的神情注视着番薯。我带着未能在菅芒花中看见父亲身影的愧疚心情，与他面对面蹲着。父亲突然像儿童一般天真欢愉地叹了一口气，很自得地说：“你看，恐怕没有人把番薯种得比我好了。”然后他小心翼翼把那个番薯埋入土中，动作像是在收藏一件艺术品，神情庄重而带着收获的欢愉。

父亲的神情使我想起幼年关于番薯的一些记忆。有一次我和几位外省的小孩子吵架，他们一直骂着：“番薯呀！番薯呀！”我就回骂：“老芋呀！老芋呀！”

对这两个名词我是疑惑的，回家询问了父亲。那天他喝了几杯老酒，神情甚为愉快，他打开一张老旧的地图，指着台湾的那一部分说：“台湾的样子真是像极了红心的番薯，你们是这番薯的子弟呀！”而无知的我便指着北方广大的大陆说：“那这大陆的形状就是一个大的芋头了，所以外省人是芋仔的子弟？”父亲大笑起来，抚着我的头说：“憨囝仔，我们也是从唐山来的，只是来得比较早而已。”

然后他用一支红笔，从我们遥远的北方故乡有力地画下来，牵连到我们所居的台湾南部。那是第一次在十烛光的灯泡下，我认识到，芋头与番薯原来是极其相似的植物，并不是我们想象中那么判然有别的。也第一次知道，原来在东北会落雪的故乡，也遍生着红心的番薯！

我更早的记忆，是从我会吃饭开始的。家里每次收成番薯，总是保留一部分填置在木板的眠床底下。我们的每餐饭中一定煮了三分之一的番薯，早晨的稀饭里也放了番薯签，有时吃腻了，我就抱怨起来。

听完我的抱怨，父亲就激动地说起他少年的往事。他们那时为了躲警报，常常在防空壕里一窝就是一整天。所以祖母每每把番薯煮好放着，一旦警报声响起，父亲的九个兄弟姊妹就每人抱两三个番薯直奔防空壕，一边啃番薯，一边听飞机和炮弹在四处交响。他的结论常常是："那时候有番薯吃，已经是天大的幸福了。"他一说完这个故事，我们只好默然地把番薯扒到嘴里去。

父亲的番薯训诫并不是都如此严肃，偶尔也会说起战前在日本人的小学堂中放屁的事。由于吃多了番薯，屁有时是忍耐不住的，当时吃番薯又是一般家庭所不能免。父亲形容说："因此一进了教室往往是战云密布，不时传来屁声。"而他说放屁是会传染的，常常一呼百诺，万众皆响。有一回屁放得太厉害，全班被日本老师罚跪在窗前，即使跪着，屁声仍然不断。父亲顽笑地说："经过跪的姿势，屁声好像更响了。"他说这些的时候，我们通常就吃番薯吃得比较甘心，放起屁来也不以为忤了。

然后是一阵战乱，父亲到南洋打了几年仗，在丛林之中，时常从睡梦中把他唤醒，时常让他在思乡时候落泪的，不是别的珍宝，而是普普通通的红心番薯。它炙烤过的香味，穿过数年的烽火，在万金家书也不能抵达的南洋，温暖了一位年轻战士的心，并呼唤他平安地回到家乡。他有时想到番薯的香味，一张像极番薯形状的台湾地图就清楚浮现，思绪接着往南方移动，再来的图像便是温暖的家园，还有宽广无边、结满黄金稻穗的大平原……

战后返回家乡，父亲的第一件事便是在家前家后种满了番薯，日后遂成为我们家的传统。家前种的是白瓤番薯，粗大壮实，一个可以长到十斤以上；屋后一小片园地是红心番薯，一串一串的果实，细小而甜美。白瓤番薯是为了预防战争逃难而准备的，红心番薯则是父亲南洋梦里的乡思。

每年父亲从南洋归来的纪念日，夜里的一餐我们通常不吃饭，只吃红心番薯，听着父亲诉说战争的种种。那是我农夫父亲的忧患意识，他总是记得饥饿的年代里，番薯是可以饱腹的。如今回想起来，一家人围着小灯食薯，那种景况我在凡·高的名画《吃土豆的人》中几乎看见，在沉默中，是庄严而肃穆的。

在这个近百年来中国最富裕的此时此地，父亲的忧患想来恍若一个神话。大部分人永远不知有枪声，只有极少数经过战争的人，在他们心底有一段番薯的岁月，那岁月里永远有枪声时起时落。

由于有那样的童年，日后我在各地旅行的时候，便格外留心番薯的踪迹。我发现在我们所居住的这张番薯形状的地图上，从最北角到最南端，从山坡上干瘠的石头地到河岸边肥沃的沙浦，番薯都能坚强地不经由任何肥料与农药而向四方生长，并结出丰硕的果实。

有一次，我在澎湖人已经迁徙的无人岛上，看到人所耕种的植物都被野草吞没了，只有遍生的番薯还和野草争着方寸，在无情的海风烈日下开出一片淡红的晨曦颜色的花，而且在最深的土里，各自紧紧握着拳头。那时我知道在人所种植的作物之中，番薯是最强悍的。

这样想着，幼年家前家后的番薯花突然在脑中闪现，番薯花的形状和颜色都像牵牛花，唯一不同的是，牵牛花不论在篱笆上，还是在阴湿的沟边，都抬头挺胸，仿佛要探知人世的风景；番薯花则通常是卑微地依着土地，好像在嗅着泥土的芳香。在夕阳将下之际，牵牛花开始萎落，而那时的番薯花却开得正美，淡红夕云一样的色泽，染满了整片土地。

正如父亲常说，世界上没有一种植物比得上番薯，它从头到脚都有用，连花也是美的。现在台北最干净的菜场也卖有番薯叶子的青菜，价钱还颇不便宜。有谁想到这在乡间是最卑贱的菜，是逃难的时候才吃的？

在我居住的地方，巷口本来有一位卖糖番薯的老人，一个滚圆的大铁锅，挂满了糖渍过的番薯。开锅的时候，一缕扑鼻的香味由四面扬散出来，那些番薯是去皮的，长得很细小，却总像记录着什么心底的珍藏。有时候我向老人买一个番薯，散步回来时一边吃着，那蜜一样的滋味进了腹中，却有一点酸苦，因为老人的脸总使我想起在烽烟奔走过的风霜。

老人是离乱中幸存的老兵，家乡在山东偏远的小县城。有一回我们为了地瓜问题争辩起来，老人坚称台湾的红心番薯如何也比不上他家乡的红瓤地瓜，他的理由是：“台湾多雨水，番薯哪有俺家乡的甜？俺家乡的地瓜真是甜得像蜜的！”老人说话的神情好像当时他已回到家乡，站在地瓜田里。看着他的神情，使我想起父亲和他的南洋，他在烽火中的梦，我真正知道，番薯虽然卑微，它却联结着乡愁的土地，永远在乡思的天地里吐露新芽。

父亲送我的红心番薯过了许久，有些要发芽的样子，我突然想起在巷口卖糖番薯的老人，便提了一些去巷口送他，没想到老人改行卖牛肉面了。我说："你为什么不卖地瓜呢？"老人愕然地说："唉！这年头，人连米饭都不肯吃了，谁来买俺的地瓜呢？"我无奈地提着番薯回家，把番薯袋子丢在地上，一个番薯从袋口跳出来，破了，露出其中鲜红的血肉。这些无知的番薯，为何经过三十年，心还是红的，不肯改一点颜色？

老人和父亲生长在不同背景的同一个年代，他们在颠沛流离的大时代里，只是渺小而微不足道的人，可能只有那破了皮的红心番薯才能记录他们心里的颜色。那颜色如清晨的番薯花，在晨曦掩映的云彩中，曾经欣欣茂盛过，曾经以卑微的累累球根互相拥抱、互相温暖。他们之所以能卑微地活过人世的烽火，是因为在心底的深处有着故乡的骄傲。

站在阳台上，我看到父亲去年给我的红心番薯。我任意种在花盆中，放在阳台的花架上，如今，它的绿叶已经长到磨石子地上，甚至有的伸出阳台的栏杆，仿佛在找寻什么。每一丛红心番薯的小叶下都长出根的触须，在石地板上待久了，有点萎缩而干枯了。那小小的红心番薯竟是在找寻它熟悉的土地吧！因为土地，我想起父亲在田中耕种的背影，那背影的远处，是他从菅芒花丛中远远走来，到很近的地方，花白的头发，冒出了菅芒。为什么番薯的心还红着，父亲的头发竟白了。

在我十岁那年，父亲首次带我到都市来，我们行经一片被拆除公寓的工地，工地堆满了砖块和沙石。父亲在堆置的砖块缝中，一眼就辨认出几片番薯叶子，我们循着叶子的茎络，终于找到一株几乎被完全掩埋的根，父亲说："你看看这番薯，根上只要有土，它就可以长出来。"然后他没有再说什么，执起我的手，走路去饭店参加堂哥隆重的婚礼。

如今我细想起来，那一株被埋在建筑工地的番薯，是有着逃难的身世，由于它的脚在泥土里，苦难也无法掩埋它，比起这些种在花盆中的番薯，它有着另外的命运和不同的幸福，就像我们远离了百年的战乱，住在看起来隐秘而安全的大楼里，却有了失去泥土的悲哀——伊娘咧！你竟住在这无土的所在。

星空夜静，我站在阳台上仔细端凝盆中的红心番薯，发现它吸收了夜的露水，在细瘦的叶片上，片片冒出了水珠，每一片叶都沉默小心地呼吸着。

那时，我几乎听到了一个有泥土的大时代，上一代人的狂歌与低吟都埋在那小小的花盆，只有静夜的敏感才能听见。

冰糖芋泥

每到冬寒时节，我时常想起幼年时候，坐在老家西厢房里，一家人围着大灶，吃母亲做的冰糖芋泥。事隔二十几年，每回想起，齿颊还会涌起一片甘香。

有时候没事，读书到深夜，我也会学着妈妈的方法，熬一碗冰糖芋泥，温暖犹在，但味道已大不如前了。我想，冰糖芋泥对我，不只是一种食物，而是一种感觉，是冬夜里的暖意。

成长在台湾光复后几年的孩子，对番薯和芋头这两种食物，相信记忆都非常深刻。早年在乡下，白米饭对我们来讲是一种奢想，三餐时，饭锅里的米饭和番薯永远是不成比例的，有时早上喝到一碗未掺番薯的白粥，就会高兴半天。

生活在那种景况中的孩子只有自求多福，但最难为的恐怕是妈妈，因为她时刻都在想如何为那简单贫乏的食物设计一些新的花样，让我们不感到厌倦，并增加我们的生活趣味。我至今最怀念的是母亲费尽心机在食物上所创造的匠心和巧意。

打从我刚学会走路的时候，就经常在午后的空闲里，随着母亲到田中采摘野菜，她能分辨出什么野菜可以食用，且加以最可口的配方。譬如有一道菜叫“乌莘菜”的，母亲采下那最嫩的芽，用太白粉烧汤，那又浓又香的汤汁我到今天还不敢稍稍忘记。

即使是番薯的叶子，摘回来后剥皮去丝，不管是火炒，还是清煮，都有特别的翠意。

如果遇到雨后，母亲就拿把铲子和竹篮，到竹林中去挖掘那些刚要冒出头来的竹笋，竹林中阴湿的地方常生长着一种可食用的蕈类，是银灰而带点褐色的。母亲称为“鸡肉丝菇”，炒起来的味道真是如同鸡肉丝一样。

就是乡间随意生长的青凤梨，母亲都有办法变出几道不同的菜式。

母亲是那种做菜时常常有灵感的人，可是遇到我们几乎天天都要食用，等于是主食的番薯和芋头则不免头痛。将番薯和芋头加在米饭里蒸煮是很容易的，可是如果天天吃着这样的食物，恐怕脾气再好的孩子都要哭丧着脸。

在我们家，番薯和芋头都是长年不缺的，番薯种在离溪河不远处的沙地，纵在最困苦的年代，也会繁茂地生长，取之不尽，食之不绝，芋头则种在田野沟渠的旁边，果实硕大坚硬，也是四季不缺。

我常看到母亲对着用整布袋装回来的番薯和芋头发愁，然后她开始在发愁中创造，企图用最平凡的食物，来做最不平凡的菜肴，让我们整天吃这两种东西不感到烦腻。

母亲当然把最好的部分留下来掺在饭里，其他的，她则小心翼翼地将之切成薄片，用糖、面粉，和我们自己生产的鸡蛋打成糊状，薄片沾着粉糊下到油锅里炸，到呈金黄色的时刻捞起，然后用一个大的铁罐盛装，就成为我们日常食用的饼干。由于母亲故意宝爱着那些饼干，我们吃的时候是用分配的，所以就觉得格外好吃。

即使是番薯有那么多，母亲也不准我们随便取用，她常谈起日据时代空袭的一段岁月，说番薯也和米饭一样重要。那时我们家还用烧木柴的大灶，下面是排气孔，烧剩的火灰落到气孔中还有温热，我们最喜欢把小的红心番薯放在孔中焖熟，剥开来真是香气扑鼻。母亲不许我们这样做，只有得到奖赏的孩子才有那种特权。

记得我每次考了第一名，或拿奖状回家时，母亲就特准我在灶下焖两个红心番薯以作为奖励；我从灶里探出焖熟的番薯，心中那种荣耀的感觉，真不亚于在学校的讲台上领奖状，番薯吃起来也就特别有味。我们家是个大家庭，我有十四个堂兄弟，四个堂姊，伯父母都是早年去世，由母亲主理家政，到今天，我们都还记得领到两个红心番薯是一个多么隆重的奖品。

番薯不只用来做饭、做饼、做奖品，还能与东坡肉同卤，还能清蒸，母亲总是每隔几日就变一种花样。夏夜里，我们做完功课，最期待的点心是，母亲把番薯切成一寸见方，和凤梨一起煮成的甜汤；酸甜兼具，颇可以象征我们当日的生活。

芋头的地位似乎不像番薯那么重要，但是母亲的一道芋梗做成的菜肴，几乎无以形容；有一回我在台北天津卫吃到一道红烧茄子，险险落下泪来，因为这道北方的菜肴，它的味道竟和二十几年前南方贫苦的乡下，母亲做的芋梗极其相似。本来挖了芋头，梗和叶都要丢弃的，母亲却不舍，于是芋梗做了盘中餐，芋叶则用来给我们上学做饭包。

芋头孤傲的脾气和它流露的强烈气味是一样的，它充满了敏感，几乎和别的食物无法相容。削芋头的时候要戴手套，因为它会让皮肤麻痒，它的这种坏脾气使它不能取代番薯，永远是个二副，当不了船长。

我们在过年过节时，能吃到丰盛的晚餐，其中不可少的一样是芋头排骨汤，我想全天下，没有比芋头和排骨更好的配合了，唯一能相提并论的是莲藕排骨，但一浓一淡，风味各殊，人在贫苦的时候，大多是更喜爱浓烈的味道。母亲在红烧鲢鱼头时，炖烂的芋头和鱼头相得益彰，恐怕也是天下无双。

最不能忘记的是我们在冬夜里吃冰糖芋泥的经历，母亲把煮熟的芋头捣烂，和着冰糖同熬，熬成几近晶蓝的颜色，放在大灶上。就等着我们做完功课，给检查过以后，可以自己到灶上舀一碗热腾腾的芋泥，围在灶边吃。每当知道母亲做了冰糖芋泥，我们一回家便赶着做功课，期待着灶上的一碗点心。

冰糖芋泥只能慢慢地品尝，就是在最冷的冬夜，它每一口也都是滚烫的。我们一大群兄弟姊妹站立着围在灶边，细细享受母亲精制的芋泥，嬉嬉闹闹，吃完后才满足地回房就寝。

二十几年时光的流转，兄弟姊妹都因成长而星散了，连老家都因盖了新屋而消失无踪，有时候想在大灶边吃一碗冰糖芋泥都已成了奢想。天天吃白米饭，使我想起那段用番薯和芋头堆积起来的成长岁月，想吃去年腌制的萝卜干吗？想听雨后的油焖笋尖吗？想吃灰烬里的红心番薯吗？想吃冬夜里的冰糖芋泥吗？有时想得不得了，心中徒增一片惆怅，即使真能再制，即使母亲还同样的刻苦，味道总是不如从前了。

我成长的环境是艰困的，因为有母亲的爱，那艰困竟都化成甜美，母亲的爱就表达在那些看起来微不足道的食物里面。一碗冰糖芋泥其实没有什么，但即使看不到芋头，吃在口中，也可以简单地分辨出那不是别的东西，而是一种无私的爱，无私的爱在困苦中是最坚强的。它纵然研磨成泥，但每一口都是滚烫的，是甜美的，在我们最初的血管里奔流。

在寒流来袭的台北灯下，我时常想到，如果幼年时代没有吃过母亲的冰糖芋泥，那么我的童年记忆就完全失色了。

我如今能保持乡下孩子恬淡的本性，常能在面对一袋袋知识的番薯和芋头，知所取舍变化，创造出最好的样式，在烦闷发愁时不失去向前的信心，我确信与我童年的生活有着密切的关系。因为母亲的影子在我心里最深刻的角落，永远推动着我。

木鱼馄饨

深夜到临沂街去访友，偶然在巷子里遇见多年前旧识的卖馄饨的老人，他开朗依旧，风趣依旧，虽然抵不过岁月风霜而有一点佝偻了。

四年前，我客居在临沂街，夜里时常工作到很晚，每天凌晨一点半左右，一阵清越的木鱼声，总是响进我临街的窗口，那木鱼的声音非常准时，天天都在凌晨的时间敲响，即使在风雨来时也不间断。

刚开始的时候，木鱼声带给我一种神秘的感觉，往往令我停止工作，出神地望着窗外的长空，心里不断地想着：这深夜的木鱼声，到底是谁敲起的？它又象征了什么意义？难道有人每天凌晨一时在我住处附近念经吗？

在民间，过去曾有敲木鱼为人报晓的僧侣，每日黎明将晓，他们就穿着袈裟草鞋，在街巷里穿梭，手里端着木鱼滴滴笃笃地敲出低量雄长的声音，一来叫人省睡，珍惜光阴；二来叫人在心神最为清明的五更起来读经念佛，以求精神的净化；三来僧侣借木鱼报晓来布施化缘，得些斋衬钱。我一直觉得这种敲木鱼报佛音的事情，是中国佛教与民间生活相契的一种极好的佐证。

但是，我对于这种失传于闾巷很久的传统，却出现在台北的临沂街感到迷惑。因而每当夜里在小楼上听到木鱼敲响，我都按捺不住去一探究竟的冲动。

冬季里有一天，天空中落着无力的飘闪的小雨，我正读着一册印刷极为精美的《金刚经》，读到最后“一切有为法，如梦幻泡影，如露亦如电，应作如是观”一段，木鱼声恰好从远处的巷口传来，格外使人觉得昊天无极，我披衣坐起，撑着一把伞，决心去找木鱼声音的来处。

那木鱼敲得十分沉重着力，从满天的雨丝里传扬开来，它敲敲停停，忽远忽近，完全不像是寺庙里读经时急落的木鱼。我追踪着声音的轨迹，匆匆地穿过巷子，远远地，看到一个披着宽大布衣、戴着毡帽的小老头子，他推着一辆老旧的摊车，正摇摇摆摆地从巷子那一头走来。摊车上挂着一盏四十烛光的灯泡，随着道路的颠簸，在微雨的暗道里飘摇。一直迷惑我的木鱼声，就是那位老头所敲出来的。

一走近，才知道那只不过是一个寻常卖馄饨的摊子，我问老人为什么选择了木鱼的敲奏，他的回答竟是十分简单，他说："喜欢吃我的馄饨的老顾客，一听到我的木鱼声，他们就会跑出来买馄饨了。"我不禁哑然，原来木鱼在他，就像乡下卖豆花的人摇动的铃铛，或者是卖冰水的小贩手中吸引小孩的喇叭，只是一种再也简单不过的信号。

是我自己把木鱼联想得太远了，其实它有时候仅仅是一种劳苦生活的工具。

老人也看出了我的失望，他说：“先生，你吃一碗我的馄饨吧，完全是用精肉做成的，不加一点葱菜，连大饭店的厨师都爱吃我的馄饨呢。”我于是丢弃了自己对木鱼的魔障，撑着伞，站立在一座红门前，就着老人摊子上的小灯，吃了一碗馄饨。在风雨中，我品出了老人的馄饨，确是人间的美味，不亚于他手中敲的木鱼。

后来，我也慢慢成为老人忠实的顾客，每天工作到凌晨的段落，远远听到他的木鱼，就在巷口里候他，吃完一碗馄饨，才开始继续我一天未完的工作。

和老人熟了以后，才知道他选择木鱼作为馄饨的信号有他独特的匠心。他说因为他的生意在深夜，实在想不出一种可以让远近都听闻而不至于吵醒熟睡人们的工具，而且深夜里像卖粽子的人大声叫嚷，是他觉得有失尊严而有所不为的，最后他选择了木鱼——让清醒者可以听到他的叫唤，却不至于中断了熟睡者的美梦。

木鱼总是木鱼，不管从什么角度来看它，它仍旧有它的可爱处，即使用在一个馄饨摊子上。

我吃老人的馄饨吃了一年多，直到后来迁居，才失去联系，但每当在静夜里工作，我仍时常怀念着他和他的馄饨。

老人是我们社会角落里一个平凡的人，他在临沂街一带卖了三十年馄饨，已经成为那带夜生活里人尽皆知的人，他固然对自己亲手烹调后小心翼翼装在铁盒里的馄饨很有信心，他用木鱼声传递的馄饨也成为那一带的金字招牌，木鱼在他，在吃馄饨的人来说，都是生活里的一部分。

那一天遇到老人，他还是一袭布衣，还是敲着那个敲了三十年的木鱼，可是老人已经完全忘记我了，我想，岁月在他只是云淡风轻的一串声音吧。我站在巷口，看他缓缓推走小小的摊车消失在巷子的转角，一直到很远了，我还可以听见木鱼声从黑夜的空中穿过，温暖着迟睡者的心灵。

木鱼在馄饨摊子里真是美，充满了生活的美，我离开的时候这样想着，有时读不读经都是无关紧要的事。

苦瓜特选

她离去的那一年，他不知道为什么就开始喜欢吃苦瓜。那时他母亲在后园里栽种了几棵苦瓜，苦瓜累累地垂吊在竹棚子下面，经过阳光照射，翠玉一样的外表就透明了起来，清晨阳光斜照的时候，几乎可以看到苦瓜内部深红、期待成熟的种子。

他从未对母亲谈过自己情感的失落，原因或许是他一向认为，像母亲经过媒妁之言嫁给父亲那一代的女子，是永远也不能体会感情的奥妙。

母亲自然从未问起他的情感，只是以宽容的、慈爱的眼睛默默地注视他的沉默。他每天自己到园子里挑一个苦瓜，总是看见母亲在园子里浇水除草，一言不发的，有时微笑地抬头看他。

他摘了苦瓜转进厨房，清洗以后，就用薄刀切成一片一片晶明剔透，调一盘蒜泥酱油，添了一碗母亲刚熬好还热在炕上的稀饭，细细咀嚼苦瓜的滋味。

生的苦瓜冰凉爽脆，初食的时候像梨子一样，慢慢地就生出一种苦味来，那苦味在吞咽的时候，又反生出特别的甜味。这生食苦瓜的方法，原是他幼年就得到母亲的调教，只是他并未得到母亲挑选苦瓜的真传，总觉得自己挑选的苦瓜不够苦，没有滋味。

有一日，他挑了一个苦瓜正要转出后院，看见母亲提着箩筐要摘苦瓜送到市场去卖。母亲唤住他说："你挑的苦瓜给我看看。"

他把手里的苦瓜交给母亲。

母亲微笑地从箩筐里取出一个苦瓜，与他的苦瓜放在一起，问说："你看这两个苦瓜有什么不同？"

他仔细端详两个苦瓜，却分不出它们有什么差异。母亲告诉他，好的苦瓜并不是那种洁白透明的，而是带着一种深深的绿色；好的苦瓜表面上的凹凸是明显的，不是那种平坦光滑的；好的苦瓜原不必巨大，而是小而结实的。然后，母亲以一种宽容的声音对他说：“原来你天天吃苦瓜，并不知道如何挑选苦瓜，就像你这些日子受着失恋的煎熬，以为是人世里最苦的，那是因为你不知道还有比失恋更苦的东西。世界上没有不苦的苦瓜，就像没有不苦的恋爱，最好的苦瓜总是最苦的，但却是在最苦的时候回转出一种清凉的甘味。”

他默默地听着，却不知道如何回答母亲。

母亲指着他们的苦瓜园，说：“在这么大的园子里，怎么能知道哪些苦瓜是最好的，是在苦里还有甘香的？如果不经过几十年的磨炼就无法分辨。生命也正是这样的，没有人天生会分辨苦瓜的甘苦，也没有人天生就能从失败的恋爱里得到启示；我们不吃过坏的苦瓜，就不知道好的是什么滋味，我们不在情感里失败，就不太容易在人生里成功。”

他没想到母亲猜到了他的心事，低下头来，看到母亲箩筐边的纸箱写了“苦瓜特选”四个字。母亲牵起他的手，换过一只精选的苦瓜，说：“你吃吃这个，看看这个有什么不同？”

他坐在红木小饭桌边吃着母亲为他挑选的苦瓜，细细地品味，并且咀嚼母亲方才对他说的话，才知道上好的苦瓜，原来在最苦的时候有一股清淡的香气从浓苦中穿透出来，正如上好的茶，上好的咖啡，上好的酒，在舌尖是苦的，到了喉咙时才完全区别出来，有一种持久的芳香。

望穿明亮的窗户，看到后院中累累的苦瓜，他在心中暗暗地想着：“如果情感真像苦瓜一般，必然有苦的成分，自己总要学习如何在满园的苦瓜里找到一个最好的，最能回甘的苦瓜。”

然后他看到母亲从苦瓜园里穿出的身影，转头对他微笑，他才知道母亲对情感的智慧，原来不是从想象来的，而是来自生活。

比景泰蓝更蓝

近几年，年年都到花莲台东，有时一年去好几趟，通常是坐飞机，偶尔坐火车，竟有十二年时间没有走过苏花公路。

前些日子，应朋友之邀到花莲，搭车走苏花公路。车子沿着高耸的崖岸前行，时而开阔无比，时而险峻异常，时而绿树如缎，时而白云似练。深心里生起一种感动，仿佛太平洋的波涛，一波一波从海边泛起来。

难道苏花公路比我从前来的时候更美吗？我心里觉得疑惑。

当学生时代，我也几乎每年到苏花公路，当时一方面是热爱东部雄峻高昂的山水，一方面则是热心于社会服务，常随着学校的社会服务团到南澳、东澳的山地部落去做服务工作，每次都走苏花公路。二十年前的苏花公路比现在狭小，许多地方是单线通车，因此走走停停，觉得路途特别迢遥。那个时候没有冷气车，山风狂乱、尘土飞扬，车内燥热、百味杂陈，原住民时常提着鸡鸭上车，每回到了目的地都是灰头土脸的。

有一次，独自在苏花公路一带自助旅行，每到一站就住两三天。二十年前的旅游业不发达，几乎找不到像样的饭店，连普通的旅舍也难找，只有一种木板铺成的一片“通铺”，专供到深山采药、采兰花，或走江湖卖艺唱戏的人居住，我就住在那些地方，每天十元。夜里，飞蛾、蟋蟀在屋内飞动，壁虎、蟑螂横行于壁间，墙壁上全是蚊虫、跳蚤、虱子被打死留下的血迹。

一夜，我到了南澳，已经夜深，投宿于这种平民客栈，睡前找不到漱洗的地方，老板娘说：“呀！后面有个池塘，我们的客人都在那里洗澡！”

我走到屋后，果然有个池塘，在树林之间，星月映照在池水上，满心欢喜地在池边刷牙、洗澡，觉得池水清凉甘美，还喝了几口，才回通铺睡觉。

第二天黎明醒来，再走到池边，大吃一惊，原来池水是乌黑的，池上漂满腐叶，甚至还有虫、蝶、金龟子的尸体，这使我感觉到人的感受是不实的，昨夜那种美的印象完全破灭了。

虽然旅行的环境是如此简陋，每天一走到屋外，进入溪谷、林间、海滨，就知道一切是多么值得，只要能走入那么美的风景，就是睡在地上也是甘之如饴的。

溪清、林茂、海蓝、云白，满山的野百合和月桃花，有时光是坐着放松，就会感动得心潮起伏，这福尔摩莎，这美丽之岛，这无可取代的土地呀！

二十年前，车稀路窄，一到夜晚，苏花公路就沉寂了，独自在大街上散步，觉得身心了无挂碍，胸怀澄澈如水。一直到现在都还深深地记得远处的涛声，以及在山路间流动的夜来香的香气。

苏花公路的记忆是我少年时代最美的记忆，噶玛兰的橄榄树、泰雅族的聚落、蓝腹鹇的歌声、和南寺的晨钟暮鼓，光是想着就要微酣了。

那个时候所强烈感受的美，未曾经过岁月的沉淀，没有感情的蒸馏，未经流水的冲刷，依然是粗糙的。这一次坐在冷气车中，细细回想从前所走过的路，窗外无声，云飞影移，觉得眼前的景色更美，在美中有一种清明，是穿过了爱恨，提升了热情所得到的清明。

原来，所有美的感受都要穿过心灵，愈陈愈香、愈久愈醇，就好像海岸和溪边的卵石，一切杂质都已流去，只剩下最坚实、纯净、浑圆的石心。

我对朋友说："住在台湾的人，如果每隔一段时间就能走一趟苏花公路，人生也就无憾了。"确实，我们走遍世界，才会发现最美的人间景致，就在我们身边呢！

那几天的晚上，我都住在亚士都饭店，亚士都算是花莲的老饭店了，简朴，有风味，还像以前一样，站在阳台面海的方向，可以看见明亮的天星，偶有流动的萤火，空气里青草伴着海风，挟带着槟榔花那极为浓郁特殊的香味。

我独自沿着海滨公园散步，秋季海上的朔风已经起了，一阵强过一阵，椰子树也摇出抽象的舞姿。东部的天空即使是夜晚，也如景泰蓝那种深蓝，白云依稀可辨，云们好像听见了起跑的枪声，全往更深的山谷奔驰。

如果有点音乐，就更好了，我想着。

海，像是听见我的念头，开始更用力地演奏涛声，一遍一遍，永不歇止。人与海涛在寂寞中相遇，便是最好的音乐。

少年的歌声也随海涛汹涌着，我想起，曾在东澳的山路上采了一束月桃花，送给一位美丽的少女，月桃花依旧盛放，少女的神采则早已在云端上了。

如果，如果，再下点微雨，就更好了！

一滴水到海洋

一位弟子去追随一位得道的师父，过不了几天，他一有机会就去请教师父："什么是人生的价值？"师父总是不告诉他，他越发显得着急，一再地去求教。

有一天，师父被缠不过了，从房子里拿出一块石头，那石头看起来很大，也很美，师父说："你带这块石头到卖蔬菜的市场去卖，但是不要真的卖出去，只要试着卖，看看蔬菜市场的人可以出什么样的价钱。"

那个弟子真的带着石头到蔬菜市场去试卖，很多人围过来看，有的说：“这么美的石头可以给孩子玩。”有的人说：“这么大的石头当秤锤刚刚好。”于是纷纷给石头出价，从两元到十元不等。弟子带着石头回来见师父，说：“在蔬菜市场，这个石头只能卖到十元的价钱。”

师父又说：“现在你把这石头拿到黄金的市场去卖，但是不要真的卖出去，看看黄金市场的人可以出什么样的价钱。”

弟子照着吩咐去做了，当他从黄金市场回来的时候，很高兴地去向师父报告：“在黄金市场，他们出的价钱很好，这石头可以卖到一千元。”

师父又说：“现在，你把这石头拿到珠宝店去，还是不要卖出去，只要看看珠宝店的人可以出到什么样的价钱。”

弟子拿石头到珠宝店去卖时，他简直无法相信，因为第一个人就出价五千元，由于他不卖，珠宝店的人竟一直加价，最后加到几十万元。

弟子还是不肯卖，最后珠宝店的人说：“只要你肯卖，任你开个价吧！”

弟子说：“我只是奉师父之命来试这个石头的价钱，不管出多高的价，我的石头都是不卖的。”弟子离开珠宝店的时候，他心想黄金市场和珠宝店的人简直是疯狂，因为在他看来，一块石头能卖十元就够好了。

他回来向师父报告在珠宝店得到的开价，师父说：“一块石头的价值，是由了解的深浅而定的，如果一个人没有够好的眼睛，所有的石头价值都不会超过十元，正像你在蔬菜市场遇到的那些人。你每天追着我问人生的价值，可是你的眼睛只停在蔬菜市场的层次，我给你一颗钻石，你也会认为只值十元。如果你成为珠宝商，认识真正的宝石，我给你的宝石才会成为无价。现在，你先不要向我要人生的宝石，先使你自己拥有珠宝商的眼睛，那时候你来找我，我就会教你人生的价值。”

这是苏菲修行者的故事，它有两个重要的寓意：一是想要追求人生更高的奥秘，一定要在心灵上有所准备，要养成慧眼，这样才能承受真正的“道的宝石”，如果没有慧眼，最好的钻石摆在眼前也与石头无异。

二是万事万物并没有绝对的价值，缘于了解的深浅而显示价值的高低，唯有心灵的提升才能坚持出一种绝对的价值，有绝对价值的人，吃饭喝茶中都有深奥的境界，因为人生的奥义并不在那相对于分别的世界，而在绝对的性灵中。

不久前，我去参观一个奇石的展览，就想到苏菲的这个故事。那所谓的奇石全不假人工的雕琢，而是捡拾自深山、溪流、海边，个个都有奇特的风姿，它们的定价从数千到数十万都有，如果不是收藏奇石的那个圈子里的人，很难理解为什么一个石头可以卖到几十万，但是听说有很多是非卖品，即使那个圈子里的人愿意花几十万买石头也买不到呀！

我们假设那些原在深山、海岸、溪畔的奇石，普通人根本就懒得去捡，那么发现而捡拾的人就可以说是慧眼独具了。他们的慧眼是从对石头的爱与了解产生的，当然也有人为了卖钱而捡石头，有一位奇石收藏家就告诉我："为了卖钱而捡石头的人，往往捡不到最好的石头。"

但是，不管是为爱而捡或为钱而捡，不管有什么样的定价，不管是在深山或在艺术馆的架上，一个石头的本质是不会改变的，在改变与波动着的只是我们的眼睛，我们的心。

石头存在的本身就饱含了价值，不因慧眼或俗眼而改变，其实，所有万物的本身都有不可替代、无法定价、深刻无比的价值，此所以"森罗万象许峥嵘"，此所以"青青翠竹，尽是法身；郁郁黄花，无非般若"，此所以"溪声便是广长舌，山色岂非清净身"……

保持内心如宝石一样的品质，比起为宝石定各种价值要高明得多了。

从前，牛顿在苹果树下，被一粒苹果打中而发现地心引力。地心引力是多么伟大的发现，但是如果没有那粒适时落下的苹果，可能要晚几百年才会被发现，所以市场里一粒苹果仅值十块钱，可是一粒苹果也可以是地心引力的引信，也可以是无价的。

有一个这样的笑话：一个孩子读了牛顿发现地心引力的故事，就跑去坐在苹果树下，想自己说不定也可以发现什么大的道理。他坐在苹果树下胡思乱想，为什么苹果树这么高大，却长出这么小的苹果，而大西瓜却是相反地长在小小的西瓜藤上。小苹果长在大树上，大西瓜却长在小小的藤上，这里面一定有什么伟大的道理吧！

正在苦思的时候，一粒苹果啪一声落在他的头上，他突然欣喜若狂地发现了："还好是一粒苹果，如果是大西瓜落下来，我还会有头在吗？原来大西瓜长在地上是有道理的，至少落下的时候不会有人受伤。苹果长在大树上是很好的，西瓜长在地上也是很好的，万物的存在都有它的道理。"

事物的价值源自人心的价值，如果心的价值不被发现与确立，事物的价值也就得不到确立了。有一个朋友千里迢迢带回来大陆寺庙改建时拆下的砖送我，说是唐朝的砖，我左看右看地端详这块朋友口中“伟大，而有历史的砖”，却总是看不出它的殊异之处。我想，如果把这块砖放在忠孝东路人最多的地方，也不会有人捡拾，或者第二天就被清道夫丢进垃圾车里，这块毫不起眼、重达五公斤的砖块，以锦盒包装，抱在怀中，飞山越海到我的手上，只是因为在我们的心先确立了，才会发现它的价值呀！

在现代社会，真实的价值之所以隐没，就是人心隐没的结果。

假若说，人心的价值是一滴水，万物存在的价值是一片广大的海洋，唯有发现心里一滴水的人，才能体会海洋也是一滴水的汇集与映现。轻视一滴水，就是轻视整个海洋，而能品味一滴水，也就能品尝海洋的真味了。

清雅食谱

有时候生活清淡到自己都吃惊起来了。

尤其对食物的欲望差不多完全超脱出来，面对别人都认为是很好的食物，却一点也不感到动心。反而在大街小巷里自己发现一些毫不起眼的东西，有惊艳的感觉，并慢慢品味出一种哲学，正如我常说的，好东西不一定贵，平淡的东西也自有滋味。

在台北四维路一条阴暗的巷子里，有好几家山东老乡开的馒头铺子，说是铺子是由于它实在够小，往往老板就是掌柜，也是蒸馒头的人。这些馒头铺子，早午各开笼一次，开笼的时候水气弥漫，一些嗜吃馒头的老乡早就排队等在外面了。

热腾腾、有劲道的山东大馒头，一个才五毛钱，那刚从笼屉被老板的大手抓出来的馒头，有一种传统乡野的香气，非常的美味，也非常之结实，寻常一般人一餐也吃不了这样一个馒头。我是把馒头当点心吃的，那纯朴的麦香令人回味，有时走很远的路，只是去买一个馒头。

这巷子里的馒头大概是台北最好的馒头了，只可惜被人遗忘。有的馒头店兼卖素油饼，大大的一张，可蒸、可煎、可烤，和稀饭吃时，真是人间美味。

说到油饼，在顶好市场后面，有一家卖饺子的北平馆，出名的是“手抓饼”，那饼烤出来时用篮子盛着，饼是整个挑松的，又绵又香，用手一把一把抓着吃。我偶尔路过，就买两张饼回家，边喝水仙茶，边抓着饼吃，如果遇到下雨的日子，就更觉得那抓饼有难言的滋味，仿佛是雨中青翠生出的嫩芽一样。

说到水仙茶，是在信义路的路摊寻到的，对于喝惯了茉莉香片的人，水仙茶更是往上拔高，如同坐在山顶上听瀑。水仙入茶而不失其味，犹保有洁白清香的气质，没喝过的人真是难以想象。

水仙茶是好，有一个朋友做的冻顶豆腐更好。他以上好的冻顶乌龙茶清焖硬豆腐，到豆腐成金黄色时捞起来，切成一方一方，用白瓷盘装着，吃时配着咸酥花生。品尝这样的豆腐，坐在大楼里就像坐在野草地上，有清冽之香。

有时食物也能像绘画中的扇面，或文章里的小品，音乐里的小提琴独奏，格局虽小，慧心却十分充盈。冻顶豆腐是如此，在南门市场有一家南北货行卖的“桂花酱”也是如此。那桂花酱用一只拇指大的小瓶装着，真是小得不可思议，但一打开桂花香猛然自瓶中醒来，细细的桂花瓣还像活着，只是在宝瓶里睡着了。

桂花酱可以加在任何饮料或茶水里，加的时候以竹签挑出一滴，一杯水就全被香味所濡染，像秋天庭院中桂花盛放时，空气都流满花香。我只知道桂花酱中有蜜、有梅子、有桂花，却不知如何做成，问到老板，他笑而不答。“莫非是祖传的秘方吗？”心里起了这样的念头，却也不想细问了。

桂花酱如果是工笔，“决明子”就是写意了。在仁爱路上有时会遇到一位老先生卖“决明子”，挑两个大篮用白布覆着，前一篮写“决明子”，后一篮写“中国咖啡”。卖的时候用一只长长的木勺，颇有古意。

听说“决明子”是山上的草本灌木，子熟了以后热炒，冲泡有明目滋肾的功效。不过我买决明子只是喜欢老先生买卖的方式，并且使我想起幼年时代在山上采决明子的情景。在台湾乡下，决明子唤作“米仔茶”，夏夜喝的时候总是配着满天的萤火入喉。

对于能想出一些奇特的方法做出清雅食物的人，我总感到佩服。在师大路巷子里有一家卖酸酪的店，老板告诉我，他从前实验做酸酪时，为了使乳酪发酵，把乳酪放在锅中，用棉被裹着，夜里还抱着睡觉，后来他才找出做酸酪最好的温度与时间。他现在当然不用棉被了，不过他做的酸酪又白又细，真像棉花一般，入口成泉，若不是早年抱棉被，恐怕没有这种火候。

那优美的酸酪要配什么呢？八德路一家医院餐厅里卖的全黑麦面包，或是绝配。那黑麦面包不像别的面包是干透的，里面含着一些有浓香的水分。有一次问了厨子，才知道是以黑麦和麦芽做成，麦芽是有水分的，才使那里的黑麦面包一枝独秀。想出加麦芽的厨子，胸中自有一株麦芽。

食物原是如此，人总是选着自己的喜好，这喜好往往与自己的性格和本质十分接近，所以从一个人的食物可以看出他的人格。

但也不尽然。在通化街巷里有一个小摊，摆两个大缸，右边一缸卖“蜜茶”，左边一缸卖“苦茶”，蜜茶是甜到了顶，苦茶是苦到了底，有人爱甜，却又有人爱那样的苦。

“还有一种人，他先喝一杯苦茶，再喝一杯蜜茶，两种都要尝尝。”老板说，不过他也笑了：“可就没看过先喝蜜茶再喝苦茶的人，可见世人都爱先苦后甘，不喜欢先甘后苦吧！”

后来，我成了第一个先喝蜜茶，再喝苦茶的人，老板着急地问我感想如何？

“喝苦茶时，特别能回味蜜茶的滋味。”我说，我们两人都大笑起来。

旁边围观的人都为我欢欣地鼓掌。

从一个人的食物可以看出他的人格。

食家笔记

／ 长板条上／

所有的日本料理店，靠近师傅料理台一定有一个用木板钉成的长板条，这板条旁边的椅子一般人不肯去坐，原因无他，只是不够气派。在台湾，日本料理店生意最好的是在房间，其次是桌子，最后才是围着师傅的板条。在日本是反其道而行，最好的是板条边。

吃日本料理，当然不得不相信日本人的方式。这个长板条之所以受人喜欢，是日本人去喝酒大部分是小酌而不是大宴，一个人坐在长板条边是最自在的。

如果你要吃好东西，也只有在长板条上。因为坐在长板条边，马上就靠近师傅，日久熟识互相询问家常，师傅边谈话总会在他身边抓一些东西请你，像毛豆、黄瓜、酱萝卜、生芹菜、芝麻之属，有时候甚至挖一勺刚做好的鱼子给你，或者把切剩最好的一条鱼肚子推到面前，向你说："傻必是啦！"

坐长板条的客人通常不是寻常客人，都是嗜好生鱼的，那么师傅会告诉你，今天什么鱼好、什么鱼坏，并非他故意去买坏鱼，是鱼市场的鱼货，今日有些不甚高明，然后会说："今天有一种好鱼，我切给您试试。"等你吃完满意了，他才切上算账的来，而你不要小看那一片试试的鱼片，料理店的一片好鱼，通常吃一口要一百元的。

长板条是最能学吃日本料理的地方，因为所有的东西都摆在面前，有许多选择的机会，如果坐在房间里的客人，吃一辈子日本料理，可能许多见都没有见过。

长板条上也是最有人情味的地方，只要坐在长板条边，总不会吃得太坏。中国人说“见面三分情”，大师傅就在面前，总不好意思弄一些差的东西给你。而且师傅无形中聊起日本料理的情形种种，自然就是在传法给客人了。最最重要的是，如果是熟客人，价钱总会算得便宜一些，因为在日本料理店中，每张桌子都由服务生开单，唯有在长板条上是“自由心证”，全权由师傅掌握，熟人好说话，一定比房间里便宜得多。

在日本一些专卖生鱼和寿司的店，有时没有桌子，只有板条四桌围绕，师傅们则站在里面服务。一个师傅平常就照顾五张椅子，有那相熟的客人往往不仅认店，还要认师傅，这时不仅手艺比高下，连亲切都要一比，因而店中气氛融洽，比其他日本料理店要吵闹得多。

由于日本人生鱼生虾吃得厉害，所以卫生新鲜要格外讲究，听说要是在日本吃料理中了毒，可以向店里控告，赔偿起来大大的不得了，而坐在长板条上不但可以控告店里，连认得的师傅都可以告进官里去。

因此师傅们无不戒慎恐惧，害怕丢了饭碗，消费者得以安心大啖其生猛海鲜。

我过去不觉得日本料理有什么惊人之处，有一回和摄影家柯锡杰去吃日本料理，第一次坐在长板条上。老柯与师傅相熟，大显身手叫了许多平日不易吃到的东西，而且有大部分是赠送的，这时始知吃日式料理也有大学问。老柯说："日本料理的师傅也是人，有荣誉心，如果遇到一位好的吃家，他恨不得把自己的肚子都切下来给你下酒，谁还在乎那区区几个钱呢？"

柯锡杰早年留学日本，吃日本菜是第一流的高手，但是他说："不管吃什么菜，认识大师傅是必要条件，中国菜里也是一样的吧！菜里无非人情，大师傅吩咐一声，胜过千军万马。我早年在美国当厨子，自己发明一道烤鸡，名称就叫'柯氏鸡'，与'麻婆豆腐'一样，以人名取胜，结果大家都爱吃这道菜，不一定是菜有什么高明，是他们认识了柯氏，在人情上，总要试试柯氏鸡的滋味吧！"

这使我想起另一位吃家欧豪年。欧豪年每次在餐馆请客，一定提前半个小时前往，我觉得奇怪，不免问他。他说；“主要是先来挑鱼，同样的鱼只要大小不同就味道差很多，像青衣石斑之属，一斤左右的最好，太小的肉烂，太大的肉老。其次是先和师傅打个招呼，他就会特别留意，做出真正的好菜来。就说蒸鱼好了，火候最重要，要蒸到完全熟了可是还有一点点肉粘在骨头，那个节骨眼上，只有一秒钟的时间。”

中国人吃饭挑师傅相熟的馆子，和日本人在长板条上挑师傅一样，是人情味的表现。我曾在一家日本料理店看一个日本人在长板条上，每吃一片生鱼就喝一杯清酒，一边和师傅聊天，最后竟然大醉高歌而归。那时我想：使他醉的不一定是清酒，说不定是那个师傅！

／ 梁妹／

新加坡朋友何振亚颇有一点财富，待人热诚，我在新加坡旅行时住在他家。他最让人羡慕的不是他的有钱，而是他有个好厨子。

何振亚的厨子是马来西亚籍的粤人，是个单身女郎。她身材高挑，眉清目秀，年三十余岁，等闲看不出她有什么好手艺，但她是那种天生会做菜的人。

这梁妹不像一般仆人要做很多事，她主要的工作就是做做三餐。我住在何家，第一天早上起床，早餐是西式的，两个荷包蛋，两根香肠，一杯咖啡，一杯牛奶、果汁。奇的是她的做法是中式的，蛋煎两面，两面皆为蛋白包住，却透明如看见蛋黄——这才是中国式的“荷包蛋”，不是西式的一面蛋——而那德国香肠是梁妹自灌的，有中西合璧的美味。

正吃早餐的时候，何振亚说：“你不要小看了这鸡蛋，你看这鸡蛋接近完全的圆形，火候恰到好处，这不是技术问题。梁妹是个律己极严的厨师，她煎蛋的时候只要蛋有一点歪，就自己吃掉，不肯端上桌，一定要煎到正圆形，毫无瑕疵才肯拿出来。我起初不能适应她的方式，现在久了反而欣赏她的态度，她简直不是厨子，是个艺术家嘛！”

梁妹犹不仅此也，她家常做一道糖醋高丽菜，假如没有上好的镇江醋，她是拒绝做的，而且一粒高丽菜，叶子大部分切去丢掉，只留下靠菜梗部分又厚实又坚硬的部分，切成正方形（每一个方形一样大，两寸见方），炒出来的高丽菜透明有如白玉，嚼在口中清脆作响，真是从寻常菜肴中见出功夫，那么可想而知做大菜时她的用心。有一回何振亚请酒席，梁妹整整忙了一天，每道菜都好到让人嚼到舌头。

其中一道叉烧，最令我记忆深刻，端上来时热腾腾的，外皮甚脆，嚼之作声，而内部却是细嫩无比。梁妹说：“你要测验广东馆子的师傅行不行，不必吃别的菜，叫一客叉烧来吃马上可以打分数，对广东人来说，叉烧是最基本的功夫。”

梁妹来自马来西亚乡下，未受过什么教育，我和她聊天时忍不住问起她烹饪的事，她说是自己有兴趣于做菜，觉得煎一粒好蛋也是令人快乐的事。

“怎么样做到这样好？”

“我想是这样的，一道做过的菜不要去重复它，第二次重新做同一道菜，我就想，怎么样改变一些佐料，或者改变一点方法，能使它吃起来不同于第一次，而且企图做得更好一点，到最后不就做得很好了吗？”

我在何家住了一个星期，觉得有个好厨子是人生一快，后来新加坡的事多已淡忘，唯独梁妹的菜印象至为深刻。我不禁想起以前的法国大臣塔列朗（Talleyrand）奉派到维也纳开会，路易十八问他最需要什么，他说：“祈皇上赐臣一御厨。”因为对法国人来说没有好的厨子，外交就免谈了。

以前袁子才家的厨子王小余说：“作厨如作医，以吾一心诊百物之宜。”又说：“能大而不能小者，气粗也；能啬而不能华者，才弱也。且味固不在大小、华啬间也，能，则一芹一菹皆珍怪，不能，则黄雀鲊三楹无益也。”真是精论，一个好厨子做的芹菜绝对胜过坏厨子做的熊掌。

做一个好厨子的条件是怎样的呢？

美国玄学大师华特（Alan Watts）说：“杀一只鸡而没有能力将之烹好，那只鸡是白死了。”

法国人爱调戏人，他们常问的话是：“你会写文章，会画图作雕刻，你好像什么都有一手，且慢，你会烧菜吗？”呀哈！如果你只会写文章，不会烧菜，只能算是“作家”，不能算是“艺术家”。骄傲的法国人眼中，如果你不会烧菜，最少也要具有好舌头，否则真是不足论了。

得过最高荣誉勋章的法国大厨波古氏（Bocuse）说过，“发现一款新菜，比发现一颗新星，对人类的幸福有更大的贡献。”诚不谬哉！

／ 响螺火锅／

在纽约旅行的时候，有一天雕刻家钟庆煌在家里请吃火锅，约来了纽约的各路英雄好汉，有画家姚庆章、杨炽宏、司徒强、卓有瑞，摄影家柯锡杰，舞蹈家江青，作家张北海。

那一天之所以值得一记，是因为钟庆煌准备了难得吃到的响螺火锅。响螺是电影中常见海盗用来吹号的那种螺，体型十分巨大，吃起来颇费事，故一般西方人很少食用，在纽约只有中国城有卖。

钟庆煌说，他为了准备这响螺火锅已整整忙了一天，一早就走路到中国城挑选合适的响螺，由于响螺壳坚硬无比，必须用榔头敲开，敲开之后只取用其前半部（像吃蜗牛一样，前半部才是上品）。取下后切片也不易，因响螺肉韧，必须用又利又薄的牛排刀才能切成薄片，要切得很薄很薄，否则就不能吃火锅了。

听钟庆煌这样一说，大家都颇为感动，而且听说一般馆子吃响螺不是用炒就是用炖的，用来吃火锅还是钟庆煌的发明。

那一次吃响螺片火锅滋味难忘，因肉质鲜美，经滚水烫过有一股韧劲和脆劲，吃起来有点像新鲜的鲍鱼片，但比鲍鱼更有筋道，而且响螺肉有点透明感，真是人间美味。吃涮响螺片时我才发现，如果真有滋味，不一定要依赖厨子，然而火候仍是不可忽视的，透明的螺片下锅转白时即捞起，否则就太老了。

回台北后，吃火锅时常想起雕刻家亲手拿榔头敲开的响螺火锅，可惜找不到响螺，后来在南门市场一家卖海鲜的摊子找到了响螺，体积比美国的小得多，要价一两十五元，摊贩说是澎湖的响螺，滋味比美国的好，因为美国的长得太大了，肉质较硬。

带一些回来试做，才发现不然，因美国响螺大，切片后吃火锅较适合，澎湖的嫌小了一些。后来我想了很久，用一个新的方法做，先炖鸡一只，得汤一碗，再用鸡汤煨响螺片约十分钟，味道鲜美无比。

现在台北的馆子里也开始做响螺，尤其广东馆子最多，通常也是用鸡汤煨，再焖一些青菜进去，是正统的吃法；另有一法是将螺肉挖出剁碎，和一些碎肉虾泥再塞回螺壳中蒸熟，摆到盘子里非常壮观，可惜风味尽失。这使我想到生猛的海鲜本身的味道已经各擅胜场，纯味最上，配味次之，像什么虾球、花枝丸、蚵卷、蟹饺等等都是等而下之了。

画家席德进生前也是有名的吃家，他就从不吃虾球之属，理由之一是：谁知道那是什么做的。理由之二是：即使用虾也不会用好虾，好好的虾干吗炸虾球？——真是妙见，把新鲜响螺剁碎了，简直是暴殄天物。

但这也不是绝对的，做汤的时候，用一个响螺同做，味道就完全不同。问题是，这时的响螺肉就不能吃了——这似乎是吃家的原则之一，你有一种东西只能选择一种吃法，不能又要喝汤又要吃肉。

／ 荷叶的滋味／

在台北的四川馆子和江浙馆子里，常常有一道菜叫“荷叶排骨”，荷叶排骨就是用荷叶包排骨到大锅里去蒸，通常要选肥瘦参半的肉排，因为太瘦了用荷叶蒸过会涩口，肥则不忌。

用荷叶蒸排骨实在是大学问，也是大发明。由于火蒸之后，荷叶的香气穿进排骨，而排骨的油腻则被香气逼了出来，两者有了巧妙的结合，是锡箔排骨远远不及的。广东馆子用荷叶包糯米团，糯米中可有各种变化，咸者可以包肉，甜的可以包芝麻或豆沙，不管做什么，都非常鲜美，真是把荷叶用到出神入化的地步。

使用荷叶也是大的学问，一家馆子的师傅告诉我，包荷叶只能取用质软的一部分，靠茎的部分则不能用。而且荷叶刚采时并不能用，易于断裂，须放置一日，叶已软而不失其青翠，放置过久的荷叶一下锅蒸出来就乌黑了。

荷叶在中国菜里使用并不广，记得台湾乡下有一种“荷叶粿”，是用荷叶包粿，有咸甜各味，一打开荷香四溢。我幼年时代有一位三姑妈擅做这种荷叶粿，但姑妈去世后，我已多年未尝此味，只是一想起，荷叶仍然扑鼻而香。

植物的叶子在中国菜中是配味，不论怎么配，确实可以改变味道，如同端午节使用的粽叶。在乡下，光是粽叶的价钱就有好多种，好的粽叶做出来的粽子就是不一样。嘉义以南，有许多人包粽子用大的竹叶，味道又不同了，它没有用粽叶浓香，格外带一点清气，和荷叶粿有点相似。

台湾乡人节省，有的家庭把吃剩的粽叶洗净、晾干，第二年再来使用，这时包的虽是粽子，殊不知风味已经尽失了。这与台北一般大馆子做鸽松，小馆子做蒸饭，常使用到竹筒如出一辙，但那竹筒一用再用，早就毫无滋味，那么，用竹筒和用别的容器又有何不同呢？

台北苏杭馆子里，信义路有一家的包子做得有名，包子倒无特殊之处，只是它蒸的时候笼子里铺了干草，这一出笼就完全不同了，和荷叶排骨一样，它把包子的油蒸了出来，却又表现了包子的精华。唯一遗憾的是，那些干草并不是用一次就算，失去了发明时的原意。

中国菜里讲究的火功，到细微处，菜肴身边的配置十分重要，荷叶是其明显的一端。古时不用瓦斯，光是木炭都有讲究，喝茶时用松枝烹茶，松树之香气会穿壶入水，称之为“松枝茶”。我童年的时候，母亲常用蔗叶煮饭烧茶，做出来的饭，泡出来的茶都有甜气，始知小如叶片，也有大的用途。

荷叶的滋味甚好，使人想起中国菜实是中国文化的表现，荷叶固可以入诗入画，同时也能入菜，入菜非但不会使荷叶俗去，反而提高了一道菜的境界，只是想到荷叶难求，心中未免怏怏。

在乡下，使用荷叶原不是有特别的妙见，而是就地取材。记得我的姑妈当年包“荷叶粿”时，并非四时均有荷叶可用，有时也取芋叶或香蕉叶代之，那时每次使用别的叶子，姑妈总爱感叹：“这芋叶、香蕉叶蒸的粿，怎么吃总是比不上荷叶，少了那一点香气。”

如今想起来，只是习惯造成的感觉，芋叶有芋叶的好，蕉叶也有蕉叶之香，我倒是觉得说不定连梧桐叶都可以做排骨呢！

新加坡、马来西亚、印度尼西亚、印度一带，人民就擅于使用树叶。路边小摊常有各种树叶包着的东西，卖的时候放在火上一烤即成。我在当地旅行时，爱在路边吃这些东西，发现不只是肉，连鱼都包在叶子里烤。这样烤的好处是水分保留在叶子里，不失去原味，而且不会把东西烤坏。

中国菜使用叶子，通常用的是蒸，适于大馆子。说不定还可以发展烤的空间，让升斗小民也能尝到荷叶的滋味！

／ 张东官与麦当劳／

近读《紫禁城秘谭》，里面写到清朝最好吃的皇帝是乾隆，而乾隆最爱吃的是江苏菜，万寿节及其他节日常开“苏宴”。当时御厨里的苏州厨役有张东官、赵玉贵、吴进朝诸人。他常吃的菜有“燕窝黄焖鸭子炖面筋”“燕窝红白鸭子炖豆腐”“冬笋大炒鸡炖面筋”“燕窝秋梨鸭子热锅”“大杂烩”“葱椒羊肉”等等。

但是，到了张东官出现以后，其他苏州厨子则黯然失色，张东官可以说是清朝风头最健的人物。

当时乾隆皇上到处巡狩，各地大臣为了讨好皇上，到处去访寻庖厨名手，张东官就是长芦盐政西宁出重金礼聘自苏州。乾隆三十六年二月，皇帝出巡山东，西宁进张东官进菜四品，其中有一品是“冬笋炒鸡”，很合皇帝口味，吃完以后，皇帝赏给张东官一两重的银锞两个，此后，皇帝每吃一次张东官的菜就赏银二两，一直到三月底回京。

乾隆四十三年，皇帝再次出巡盛京，传张东官随营做厨。七月二十二日张东官做了一品“猪肉砂馅煎馄饨”，晚上又做“鸡丝肉丝油煸白菜”一品、“燕窝肥鸡丝”一品、“猪肉馅煎黏团”一品，极为称旨，吃完后，皇帝赏银二两。

不久之后，张东官时常做菜进旨，如“豆豉炒豆腐”“糖醋樱桃肉”，又做“苏造肉、苏造鸡、苏造肘子”。这段时间，皇帝时常赏赐，记载上赏过“熏貂帽沿一副”“小卷缎一匹”“大卷五丝缎一匹”，可见皇帝对一个好厨子的礼遇。

乾隆四十六年二月，张东官正式入宫当御厨，官居七品，更得皇帝的宠爱。《紫禁城秘谭》写到张东官的最后一段是：

“乾隆四十八年正月初二日晚膳，张东官做‘燕窝脍五香鸭子热锅’一品、‘燕窝肥鸡雏野鸡热锅’一品，尤称旨，屈指初承恩眷，至是匆匆十二年矣！”

张东官大概是清朝最后一位最有名的厨子，从皇帝对他的赏赐，别人对他的敬爱有加，可以知道一名好厨是多么难求。好厨子就如同艺术家，原不必来自宫廷，民间也自有奇葩。我看了张东官十分传奇的历程，以及他做给乾隆吃的一些菜名，真觉得上好的烹调是一菜难求。

就说一道“豆豉炒豆腐”“不知用何种配料，就膳档规之，帝殊嗜爱。”豆豉和豆腐都是民间之物，任何乡下村妇都能做这道菜，可是张东官的火候却可以惊动皇上，一定是厨之外还有艺。

“厨之外有艺”是中国菜的传统，不但要在味道上讲究，在颜色上讲究，甚至在名字上也都别出心裁，犹如新诗创作。看到好的名字、好的味道、好的颜色，忍不住会从人的喉头伸出一只手来。

说到厨子，有一回叙香园的老板请吃饭，把他们馆子里大部分的菜全端出来，一共二十四道，品品都是好菜，叫人吃了仰天长啸，我问杨先生："你们馆子里有多少名菜呢？"

"大致就是你吃的这些了。一个饭店里只要有二十道菜就是不得了的，要知道一般小馆只要有一道招牌好菜也就不容易了。"

然后我们谈到厨子，杨先生觉得好的厨子是天才人物，不是训练可以得致，因为好厨子的徒弟总是不少，但成大厨的永远是少数中的少数，没有一点天生的根器是不成的。厨艺又和艺术相通，所以一般艺术家自己都能发明出几道好菜来。

我问到一个俗气的问题："那么一个好厨于目前的薪水多少呢？"杨先生说那得要看他的号召力，像叙香园的大厨，一个月的薪水是三十万新台币，比起一家大公司的总经理毫不逊色。

我想到三十万台币是十几两黄金，那么现代大厨的待遇恐怕远超过乾隆皇的御厨张东官了。可是一个名厨足以决定一家饭店的成败，三十万也实在是合理的待遇。你看台北的馆子何止千百，能打出大师傅招牌的却没有几个。

看完《紫禁城秘谭》，我到台大附近去买书，发现台大侧门对面也开了一家麦当劳，门口大排长龙，心中真是无限感叹，中国这样优秀的饮食传统恐怕有一天要被机器完全取代了。将来如果我们要找名厨，真只有到典籍去找了。

我们当然不必一定吃张东官的好菜，但是，能把豆豉炒豆腐做好的厨子，现在还剩几个呢？

／ 吃客素描／

我有一个朋友陈瑞献，是新加坡、马来西亚一带有名的艺术家，同时是有名的吃家。他以前在《南洋商报》上写吃的专栏，十分叫座，对吃东西之讲究罕有其匹。

瑞献和现在台湾法国文化中心主任戴文治是黄金拍档，两人时常一起到世界各国去大吃，事后互相研究讨论。在吃这一方面，配合得像他们这样好的也很少见。

说到他们两人的相识也是奇遇，戴文治到台湾以前是法国驻新加坡的大使，陈瑞献正好是新加坡法国大使馆的秘书，本是主属关系，由于两人都好吃并且酷爱艺术，竟成好友，交相莫逆，以兄弟相待。

这两个吃家好吃到什么程度呢？陈瑞献常说："人生有四件大事，除了吃以外，其他三件我已忘记。"他们是那种有了好吃的东西可以丢掉其他三件的人。瑞献每天除了吃好的东西，生活几乎是邋遢的，衣着方面，他虽在大使馆上班，终年穿着短裤、拖鞋到办公室，由于他名气太大，久之大家也习以为常。在住的方面，他住的地方对面就是新加坡有名的绿户，是黑社会争取的地盘，虽是两层洋楼，家中堆满零乱的字画，找个能坐的地方都感到困难。在行的方面，他开着大使馆所有的一部福特跑车，车龄已有六七年历史，他开到哪里停到哪里，由于挂着使馆牌，即使在管理严格的新加坡也享有特权，他那部车是新加坡少数有名的“大牌”之一，车子够老，牌子够硬。

瑞献书画、文章、金石都是绝活，除了这些，对他最重要的大概就是吃了。

有一年，瑞献因公来台北，我说是不是可以看看他的行程，他把纸拿出来，里面几乎没有行程，只写了三餐用餐的地点和吃些什么菜。

“这就是你的行程吗？”我说。

“是呀！有什么比吃更重要呢？”

他说出外游山玩水固好，但对他们这种世界各处跑的人已没有什么意义，吃吃好东西才是最实在的。我看他的“行程表”（就是吃程表）中有一天中午空白，表示我要做东。那时我正想去法国，在办理赴法签证，大权在戴文治手中，便约戴文治一同前往。

当时在戴文治家中，瑞献指着戴文治对我说：“你请他吃饭可要当心，要是吃到什么难吃的菜，你的法国签证就泡汤了，假如吃到好菜，说不定给你一张法国护照。”

二人哈哈大笑，戴文治补充说明："我的权力没那么大，最长只能给你签六个月。"

"当然，如果不给你签，你这辈子别想去法国了。"瑞献爱开玩笑，"完全就看你怎么安排了。"

兹事体大，当下三人摊开吃的地图（戴文治家中有一本专门记载台北馆子的书籍，有图表）研究，我从罗斯福路、和平东路、信义路、仁爱路、忠孝东路一路问下来，大部分有名的馆子他们都吃过了，这使我大吃一惊，因为台北爱吃的人虽多，吃得这么全的也算少见。

后来我卖了一个关子，说："这样好了，明日午时就在法国文化中心集合，我带你们去吃，但先不说吃的地点和吃些什么。"两人相视一笑，点头答应。

第二天，我带他们到仁爱路的"吃客"去吃，果然他们没有吃过，大为惊奇，台北居然有他们没吃过的馆子。我叫了一些普通的菜，记得是卤猪脚、风鸡、醉虾、干丝牛肉、吃客鲳鱼、炒年糕、黄鱼羹、香菇鸭舌汤，每出来一道菜都叫他们舌头打结。事实并不是菜烧得多了不起，只是吃客的猪脚、风鸡、醉虾对初尝的人确是异味，而黄鱼羹之鲜美，香菇鸭舌汤以五十只鸭舌做成，都是富有舌头震撼力的。

吃完后叫了一客豆沙锅饼，一客芝麻糊，吃得两位名吃客啧啧称奇。

结束之后，我问戴文治：“味道如何？”

“六个月，六个月。”戴忙着说，意即我的法国签证，他可以给我签最长的时间。

“这样棒的一顿饭才值六个月吗？”瑞献打趣说，我们不禁拍案大笑。

这时我才透露了为什么选“吃客”的原因，因为在文治的“秘籍”中并没有“吃客”的记载，胜算很大。我们四人（还有我的妻子小銮）谈到，选择馆子事实上没有叫菜重要，因为每一个馆子的师傅总有一两道“招牌好菜”，有时一家馆子就一道菜撑着，如果去吃馆子不知道叫菜如同盲人骑马，只知有马，不知马瞎，真是太可怕了。

好菜的功能之大甚至影响到法国签证呢！可不

慎哉！

后来我与妻子到新加坡，瑞献一来就为我们开了一张食单，每天让我们早、午餐自便，晚餐如果没有特别应酬，则听他安排。他找到的菜馆不论大小，菜都是第一流的，即使是路边小摊吃海鲜，他也都能找到又新鲜又好吃的地方——这真是食家本色，好的食家是不摆场、不充阔佬的，一万块吃到好菜不是本事，一千块吃到好菜才是本事；能吃海鲜不是本事，要便宜吃到好海鲜才是本事：知道名菜名厨不是本事，连街边小摊都了然于胸才是本事。

有瑞献带路去吃，差一些把我的舌头忘在新加坡。

最遗憾的是，瑞献为我安排了一餐俄国菜、一餐印度菜，由于那两天都有朋友的应酬，因而分别在江浙馆和广东茶楼吃饭，至今引为憾事。瑞献表现在吃的兴趣是令人吃惊的，他不但餐餐陪我们吃，毫无倦容，而且吃得比我们还有味。有一回吃潮州菜，我看他吃得趣味盎然，忍不住问他：“你吃过这么多次，还觉好吃吗？”

他正色道：“好的菜就是你吃几十次也不会腻的，就像一幅好的画挂在家中三五年，你何尝厌倦？”

他继续说：“吃好菜的时候总要把心情回到最初，好像是第一次品尝，让味蕾含苞待放，这就像和情人接吻，如果真爱那情人，不管接多少次吻都有不同的滋味，真正的吃家对待食物要像对待情人。”

他告诉我，有一次他和戴文治在法国吃鸡肉，戴文治在一食三叹之后求见厨师。当那顶白高帽在厨房门口出现，戴文治自动站起来，先向厨师致敬，再与他交谈。他说：“事后，戴文治对我说，他敬爱厨师，一如敬爱情人。”

瑞献常说：“不惜工本以快朵颐是食家本色。”又说：“让蠢人错把你当白痴者，是一流食家的逸乐。”又说：“品味如品画，厨者所以是画人。”他为了吃，有时甚至是疯狂的。

举例来说，一九八一年大陆出来一个“锦江华筵访问团”，整个锦江师傅坐专机到新加坡，包括锅铲、碗筷、重要材料全是专机空运。锦江师傅在玻璃内做菜，吃客可以在外面观察他们的做法、刀功等等，从切菜、炒煮，到端盘出来一目了然。在新加坡来说，是难得的机会。

然而一桌菜叫价一万坡币（合二十万台币），瑞献兴起了吃的念头，他的妻子小菲极力反对，因为一万坡币不是小数目。后来瑞献想了个变通的办法，就是邀集十位朋友，一人出一千坡币（合两万台币），一起去吃锦江华筵，分摊起来负担就小了。

小菲仍不赞成，觉得花一千坡币吃一餐也不可思议，但瑞献对她说：“你让我去吃这一餐，你只是心痛一阵子，如果你不让我去吃这一餐，我会遗憾一辈子。”他们伉俪情深，小菲只好节省用度，让他好好地吃了一餐。事后他告诉我：“真是值回票价！”小菲则对我说“幸好给他去吃，否则真会怨我一辈子，他吃了那顿饭，回来整整说了一个月。”

我和瑞献已有三年未见，但每次吃到好菜总不自觉想起他来，因为在这个世界上人莫不饮食，豪侈暴发之辈奇多，一掷万金者也所在多有，但鲜有能知味之人，知味是多么不易呀！

我们的通信开头总是："最近在××路发现×馆了，拿手好菜是……味道……"结尾则是"几时来这里，一起去大吃一顿吧！"

知味不易，人生得知味之知己，是多么难呀！

生活的回香

朋友来接我到基隆演讲，由于演讲时间定在下午一点，我们都来不及吃饭。“我们到极乐寺吃饭吧。寺庙的饭菜最好吃、最卫生，师父也最亲切。”朋友说。

我说：“这样不好意思吧。”

朋友说：“不会，不会，我在极乐寺做义工很多年了，与师父们很熟。只要寺里的师父有事叫我，我都义不容辞，偶尔去叨扰一顿斋饭，不要紧的。何况帮我们开车的师兄也是寺里的长期义工呢！”

于是，朋友用行动电话通知寺里的知客师：我们一共有三人，大约二十分钟后到极乐寺，请师父准备素斋一席。

等我们到极乐寺，热腾腾七道菜的素菜已经准备好了。我们没什么客套，坐下就吃。

佛光山派下寺院的素菜好吃是远近驰名的，因为星云大师对素菜很内行，加上典座师父个个巧手慧心的缘故。但是今天有一道菜还是令我大感意外，就是师父炒了一大盘茴香。

茴香是我在南部家乡常吃的青菜，在我们乡下称之为“客家人的芫荽”，因为客家人喜以芫荽做菜之故。自从到台北就再也没吃过茴香了，如今见到茴香的样子，闻到茴香的气味，竟有说不出的感动。

一般人都知道茴香的籽可以做香料、做卤味，却很少人知道茴香的叶子做菜，是人间至极的美味。茴香是多年生草本植物，可以长到与人等高。它的叶片巨大，散开呈丝状，就仿佛是空中爆开的烟火。

茴香从根、茎、叶、花到籽都有浓烈的香气，食用的时候采其嫩叶，或炒成青菜，或做汤的香菜，或沾面粉油炸成饼，都会令人吃过永不能忘。

在寺庙吃饭，不事交谈，因此我独自细细品味茴香的滋味，好像回到了童年。每当母亲炒茴香的时候，茴香的香气就会从灶间飘过厅堂、飞过庭院、飞进我们写字的北边厢房。

童年的时光不再，茴香的气息也逐渐淡了，万万想不到在极乐寺偶然的午斋，还能吃到淡忘的童年之味。我曾经走入盛开着小黄花的茴香田里，对着那漫天飞舞的黄花绿叶，深深地呼吸，妄图把茴香的香气储存在胸臆。此刻，那储藏的香气整片被唤醒了。

生活不也是如此吗？我们所经历过的美好事物，其实都是永不失去的，只是被卷存典藏着，一旦打开了，就会在记忆中回香，从遥远不可知的角落，飘了回来。

我们生命里，早就种了许多“回香树”，等待因缘的摘取吧。

我们没什么客套，吃完对师父合十致谢，就走了。

知客师父送我们到前廊，合掌道别说：“以后有什么需要，尽管到寺里来。”

在奔赴演讲场地的路上，我的心里有被熨平的感觉，不只是寺里的茴香菜产生的作用，那样清澈的人与人之间的情谊更使我动容。

其实，处处都有“回香树”。

一粒米大如须弥山

曹源一滴水，

佛祖相分付；

至今授受时，

大地为甘露。

——**慈舟方念禅师**

小时候家里种稻子，因此在吃饭时，大人总对米粮特别注意，吃完饭都要检查饭碗里是不是还有米粒，甚至掉在桌上或地上的饭也要捡起来吃。

我对稻米有特别的情感，至今还留有一些不可磨灭的印象，例如在收割稻子的时候，我们小孩子总要在收割完的田里捡拾遗落的稻穗。而在晒谷时，把谷扫完后，总要仔细在晒谷场巡视有否遗落的谷子。

母亲都很早就起来煮饭了，我们的早餐就是喝煮饭时刚滚开的水，加一小撮糖，我们叫作“米汤”。下午放学回家，大锅里的饭都吃光了，母亲会用铲子把锅底一层厚实的锅巴铲下来，撒把糖，两面相夹，那就是最好的点心了。

我一直到现在都很怀念幽香清远的米汤和香脆坚实的锅巴，这些美味不是吃大锅饭的农家子弟，是很难有机会吃到的。

从前珍惜米饭，除了是勤俭惜福，也是对大地生养的感恩，一直到现在，我每看到人糟蹋食物，心里都十分慨叹，怀念起那珍惜着一粒米的时代。

最近读日本近代禅者森冈龟芳的《生活禅》，里面有一个故事，非常令人感动，在森冈的故乡温泉郡余土村的村长森恒太郎，是非常受爱戴的人，但是中年以后得了很严重的眼疾，虽然用尽各种方法治疗，最后还是失明了。

森恒村长失明以后，觉得自己再也没有能力为村民服务，又怕因眼疾会拖累老母、妻子和两个子女，于是决定自杀求取解脱。

有一天吃过中饭，他决定当天就要自杀了，在他摸索着起身的时候，手指碰到桌上的一粒米饭，他自然地把饭拾起放进口中咀嚼，想起在年幼时母亲的教导，吃饭前应该先虔诚致礼地感谢才吃，要珍惜小小的一粒米。森恒村长自问道："为什么要如此珍视一粒米呢？"接着他豁然有悟，他悟道："虽然是小小的一粒米也可活人性命，而一粒米可以长出许多米来，现在我只是眼睛瞎了就意图自杀逃避，比起一粒米还不如呀！"想到这里，心境光明而开朗，从此东奔西走，致力于村民的福利，终使余土村成为模范村，而森恒则成为更受爱戴的人。

一粒米在饭碗里很小，可是整碗饭就是由一粒粒的米组成的，一粒米作为种子，一年后可以长满整个稻田，所以，一粒米也是很大的。

在古代的丛林寺院有一首偈说：

施主一粒米，大如须弥山。

今生不了道，披毛戴角还。

这是提醒寺僧们要珍惜受食，如果吃米饭而不办道，下辈子就会做牛做马来偿还了。

一粒米是很大的，一也是很大。从前，释迦牟尼佛修行的时候，每天只吃“一麻一米”，禅道的起源是佛陀在灵山上拈“一枝金波罗花”而开始的！

在大与小之间，在一粒米与须弥山之间，如果能冲破藩篱，就可以领会禅的真意。

《法华经》说：“一味之水，草木丛林，随分受润。一切诸树，上中下等，称其大小，各得生长。”

《无量寿经》说：“彼国菩萨承佛威神，一食之顷。往诣十方无量世界。”

《摩诃止观》说："一微尘中。有大千经卷；心中具一切佛法，如地种、如香丸者。"

《药师经》说："愿我来世得菩提时。若诸有情众病逼切，无救无药，无亲无家，贫穷多苦，我之名号一经其耳，众病悉除，身心安乐。家属资具悉皆丰足，乃至证得无上菩提。"

唯有了解"一"，我们才能深切体会净土行者说的："念佛一声。功德无量；礼佛一拜，罪灭河沙。"也才能了解禅者说的"一入耳根，即成道种""向上一著，千圣不传"。

知道一是深远的，就知道"一时之间"便是"无量劫"，可以使我们当下无碍，得到圆融的智慧。

知道一是广大的，就知道遍一切处都有禅心，烧香散花，无非中道，修禅诵经，尽是真如。

《从容录》里有一则动人的故事：世尊和弟子们在田野间散步，看到风景优美，以手指地说："这里应该盖一座寺庙。"天帝随手拔一茎草插在地上，说："寺庙已经盖好了。"世尊点头微笑。

一茎草就是一座最庄严的佛殿，无怪乎赵州和尚要说："老僧把一枝草作丈六金身用。把丈六金身作一枝草用。"我们修行者说"三千威仪，八万细行"，就要从"一"开始，珍惜一茎草、一粒米、一碗米汤、一块锅巴，须知"曹溪一滴水"——天下的水都是从这里来的！

长命菜

每年在围炉吃年夜饭的时候，妈妈都会准备一盘“长命菜”，长命菜是南部乡下的习俗，几乎每一家都会准备。

“长命菜”并不是什么特别的菜，只是普通的菠菜，由于是农人为过年习俗特别种植的，又和一般菠菜不一样。大约是菠菜长到八寸至一尺长时采摘，采的时候要连根拔起，不论根、茎、叶都不可折断。

采好后洗净，一束束摆成菜摊，绿色的茎叶配着艳红的根，非常好看。

家里还种菜的时候，妈妈会在除夕当天的清晨到菜园去采菠菜，每次都是小心翼翼，生怕折断了菠菜。后来家里不种菜了，就会到市场去选特别嫩的菠菜来做“长命菜”。

“长命菜”的做法最简单了，就是把菠菜放在水里烫熟，一棵棵摊平摆在盘中（不可弯折），每次看到煮熟的菠菜，都使我想起李翰祥电影《乾隆下江南》里，乾隆皇帝到江南吃到一道名菜“红嘴绿鹦哥”，认为是人间至极的美味，其实只是连着根的菠菜罢了。

“不可咬断，要连根一起吞下去！”要吃长命菜前，爸爸都会煞有介事地叮咛我们，并且先示范表演一番。

我们都会信以为真，然而小孩子喉咙细，吞起一棵菠菜也不是那么容易的，好不容易把一棵长命菜吞进腹中，耳畔就会响起一片鼓励的掌声，等到所有的人把长命菜吞完，年夜饭才算正式开始。

“长命菜”是乡下平凡百姓对生命最大的祝愿，希望新的一年有一个好的开始，并且能长命百岁，生命纵使有苦难的时刻，因为有这样的祝愿，仿佛幸福也在不远之前。

当然，吃“长命菜”不会使人长命百岁，从小逼迫我们吃“长命菜”的父亲，早就走完人生的旅程；与我们排队吃长命菜的堂兄弟姊妹，也有四位离开了人世；其他的兄弟姊妹也因为散居世界各地而星云四散了。

“长命菜”不长命，团圆饭不团圆，这并不是什么悲哀的事，而是人间的真情实景。我们每年还是渴望着团圆，笑闹着吃“长命菜”，因为那是一种“希望工程”，希望我们能珍惜今生的缘分，希望我们都能活得更长命，来和亲爱的家人相守。

闽南语歌曲《走马灯》里有这样几句：“星光月光转无停，人生呀人生，冷暖世情多演变，人生宛如走马灯。”每次到过年就会想到这首歌，想到星月的流转，年华的短促；想起历尽沧桑的情景，悲欢离合转不停……这时候就会觉得只要能珍惜着今年今夜、此情此景，便是生命的幸福了。

儿时吃“长命菜”那种欢欣鼓舞的景象，常常宛如生命的掌声，推着我们前进。

只要我们的爱与幸福可以绵延，使欢喜充满在每一刻，那就是生命最大的祝愿了。

因此，不管我在天涯海角，每年过年的时候，我都会亲自准备一盘“长命菜”，想起父亲，还有一些难以忘怀的生命的痕迹！

验房手册

一本可以替代验房师的、更适合业主的验房手册

毛坯房验收

成品房验收

（精装房、二手房）

毛坯房验收

入户门检查

序号	项目	是	否
1	门的主体是否有磕碰、磨损、变形、污渍等不良现象?		
2	房门漆面是否完好?无流坠、漏刷?色泽一致?		
3	门的五金件是否齐全?安装是否牢固?		
4	户门周边密闭性是否良好?密封条是否欠缺、破损?		

检查门体的完整度

入户门主体上的缺陷与问题相对好发现。磕碰、变形造成门的主体的变化是一目了然的;然而磨损、污渍却容易被忽视。在检查这类问题时应当仔细,发生磨损、变形、磕碰的入户门是无法轻易维修好的,须联系物业服务企业进行更换。

要点须知

磨损与磕碰一般在门体的正面很少出现。检查门的侧边及门框的棱角处是关键,这部分容易发生磕碰、磨损等问题。

利用光线看漆面的平整

入户门表面的喷漆层在正常的光线环境下不容易检查出漏刷、流坠等问题。将入户门开关到合理位置,利用光线折射到门面的亮光进行观察,漆面有问题的地方便清晰可见。

五金件质量决定门的寿命长短

五金件	检查方法	问题汇总
防盗锁	① 看防盗锁的门插多少，好的防盗锁在门的上侧也会有门插，安全系数高 ② 看门插是否过长或者过紧 ③ 用钥匙反复地开关防盗锁，看转动是否顺利	① 门插过少的防盗锁安全没保障 ② 若锁芯的质量差，会出现转动钥匙吃力的情况 如锁孔部分采用半锁片，则其他部位应做局部加强
门把手	① 看门把手的材质，握感是否舒适 ② 反复地扳动门把手，看转动是否灵活	① 材质差的门把手重量较轻，怕磕碰 ② 转动时有声音的门把手不耐用
铰链	① 反复地开关入户门，听铰链是否有“吱嘎”的响声 ② 看铰链的加固处是否松动	① 门开关有响声或不流畅，证明铰链的质量很差 ② 螺栓加固铰链的位置松动易造成门的损坏

要点须知

五金件的好坏甚至比门体的质量还要重要。日常使用时更多的是五金件的活动，五金件的质量直接决定了入户门使用寿命的限度。

密封牢固保护住宅的隐私

从密封条的粘贴程度判断入户门的密封性。检查时，可以双手轻微地拽动密封条，便可了解粘贴的牢固性；用眼睛观察密封条粘贴得是否平直，然后关闭入户门，将面部贴近门缝的位置，感受是否有轻微的风动。若有风动的感觉，便说明门的密封性有问题。

检查横竖密封条相交的位置，往往那里会出现密封不严的问题；同时，密封条的宽度也决定着门的密封性。

顶面检查

序号	项目	是	否
1	顶面楼板有无特别倾斜、弯曲、起浪、隆起或凹陷的地方?		
2	顶面是否有漆脱落或长霉菌?		
3	顶面是否有水渍渗漏的痕迹或者裂痕?		
4	检查屋顶和墙面的阴阳角线是否是水平线?		

观察顶面的平整度

倾斜：可采用测量层高的米尺，在室内空间的两头分别测量层高，得出的尺寸出入在 1 厘米内是属于正常的，超过 1 厘米或者更多的则说明顶面发生了倾斜。

弯曲与起浪：利用室外的自然光线，观察顶面白漆的反光度是否有由远及近的变化，主要观察顶面的中间地带。

隆起或凹陷：一般会发生在顶面的边角处，对于隆起的部位，通过视觉容易观察；对于凹陷的部位，需利用光线的变化判断。

梁：检查承重梁是否方正水平。承重梁是房屋的重要承载结构，如果承重梁出现倾斜或弯曲，就会给房屋留下安全隐患。

推荐使用米尺作为测量工具。测量时，应涵盖室内的每一处独立空间，多测几处得出的结果可信度更高。若卧室与客厅的层高存在偏差，但其各自空间的平整度良好，则可以忽略。在后期的装修中可以弥补这一问题。

看漆皮脱落的位置与面积

小面积的顶面漆皮脱落，不能代表房屋有质量问题。若漆皮脱落的面积较大，又发生在房屋的边角处，需格外注意。漆皮脱落的位置长有霉菌，说明顶面有轻微的渗水现象，需及时联系物业服务企业处理。

要点须知

漆皮脱落有时可能是乳胶漆质量不好导致的，这样的情况不算问题，在后期的装修中便可解决。

看顶面犄角处的水渍渗漏

顶面的水渍渗漏一般发生在厨房、卫生间及阳台的位置。检查时，注意这几处空间的犄角处，尤其是顶面有管道通下来的位置。检查是否有明显的裂痕、水渍渗漏的面积等。发生这种情况说明楼上的防水有问题，对住宅后期装修的影响较大。

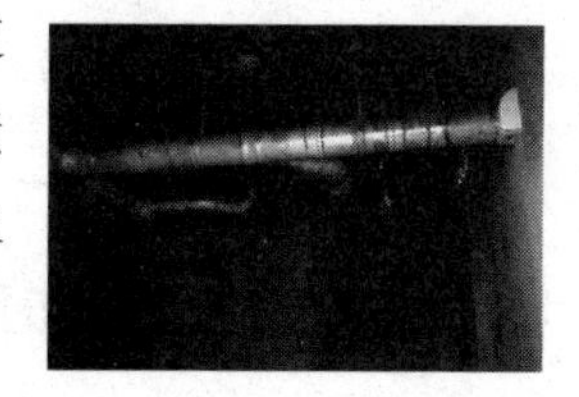

要点须知

在顶层的业主需要对房屋的每一处空间都进行水渍渗漏的检查，不可粗心大意。

利用光线检查阴阳角线的水平度

检查阴阳角线时，检查者随着落在角线处的自然光线向一侧方向行动。这个过程便是利用同一束光线的均匀光照，检测阴阳角线水平度的变化，得出的结果很准确。若阴阳角线的弯曲或水平差异不大，则在后期的装修中弥补；若水平度差异明显，建议联系物业服务企业及时维修。

要点须知

采用这种方法需在光线充足时进行，或者可利用米尺测量的办法检测[1]。检测的办法已在上面说明，不再复述。

[1] 建议使用工具：5米长的米尺。

墙面检查

序号	项目	是	否
1	墙体是否有裂缝?		
2	墙身有无特别弯曲、起浪、隆起或凹陷的地方?		
3	墙面是否有水滴、结雾的现象?		
4	墙体是否存在空鼓?		

墙体裂缝的产生位置及大小

大的裂缝一眼便可观察到，小的裂缝则需要细心地在每一处空间检查。过程中，主要检查墙体靠近顶面处、剪力墙与普通墙体的衔接处（剪力墙可根据房屋图纸确定）、阳台与客厅的连接处。

剪力墙与普通墙体、客厅与阳台、墙体与顶面水泥板都属于施工中的衔接位置，因此，极容易发生裂痕，所产生的危险也更严重。

看墙身的平整度

除使用顶面平整度的检测方法外，还可利用工具检测。使用靠尺紧贴住墙面从一侧向另一侧移动，切记不可太用力，并保持匀速的移动。弯曲、起浪、隆起或凹陷的问题轻易地便可检测出来。

需要配备一把靠尺，长度以2米为标准，则检测的结果更准确。同时，配合顶面平整度的检测方法，效率更高。

墙面渗水说明保温层有问题

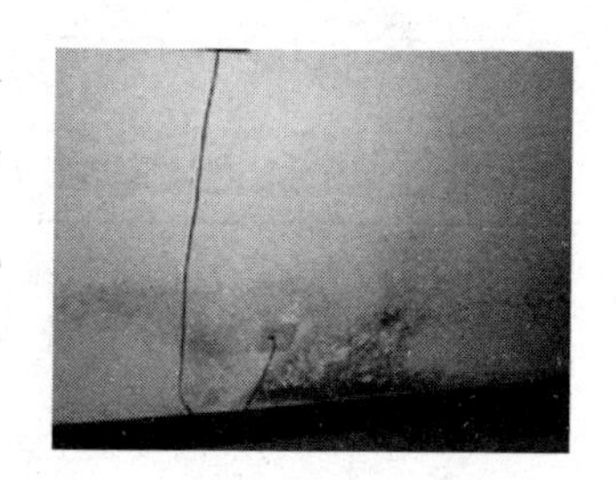

发生墙面渗水的情况更多的是在冬季，靠近外立面的墙体有时会有水滴、结雾的现象，一般在靠近地面的区域成片地出现。这类情况说明墙体内的保温层有渗漏问题，导致室外的雨水进入室内。

敲击墙面测空鼓

物件	检查方法
响鼓锤（专业测墙工具）	敲击正常的墙体与空鼓的墙体，其声音的差别十分明显，可轻易地辨别出发生问题的墙体
小钢锤	硬度高，敲击到空鼓的墙体时会发出闷闷的声响，但需掌握适宜的敲击力度
家中的坚硬物体（钢制饭勺等）	不用专门购买验房工具，携带方便，但检测时需要通过良好的听力去辨别

墙体空鼓是常发生的验房质量问题。检测不全面会导致后期墙面粘贴瓷砖、涂刷乳胶漆或粘贴壁纸时发生脱落的现象[1]，问题十分严重。检测到阳台时，敲击的声音与室内的不同是因为有保温层的缘故，不用担心阳台整体出现空鼓的问题。

[1] 建议使用工具：2米长的靠尺、水平尺、响鼓锤或可敲击的工具。

地面检查

序号	项目	是	否
1	用鞋底搓地面时是否出现砂粒?		
2	地面有无空鼓、开裂情况?		
3	地面的平整度是否有偏差?		

检测地面的砂粒及灰尘量

检测地面的砂粒及灰尘量时最好的办法是看，先看地面是不是有很厚一层浮灰，若看不出来，还可以用鞋底在地面蹭几下，看看会不会起砂，如果会，则说明水泥强度等级不标准或过期、砂子的含泥量过大或者水泥砂浆比例不当。

主要检测卧室、书房等后期铺地板的房间。对于客厅、餐厅，则在装修中的地面找平中得到解决。

利用水流检测地面的水平度

检测地面水平度最好的办法是使用水平尺。这里提供不用工具的测量方法：将水倒向地面，可在水龙头处反复接水，看水流的方向。若水流不动，则说明水平度良好；若向一侧流动，则说明地面有向一侧倾斜的问题。

要点须知

利用水流的方法同样可检测出地面的起浪、隆起或凹陷处，是较方便的一种测量方法❶。

---

❶ 建议使用工具：扫把、水平尺、水桶或矿泉水瓶及水。

门窗检查

序号	项目	是	否
1	窗框是否稳固、周正、平整？有无划伤、磕碰？型材有无开焊断裂？框架有无异常颜色？		
2	窗关闭时，扇与框、扇与扇有无明显缝隙？密封条是否松动、脱落、外露？		
3	五金件（锁、合页、滑道、铰链等）是否齐全？安装是否牢固？		
4	推拉门的移动是否灵活、无阻碍？		

观察窗框表面的完好度

在检查时，眼睛看不仔细的地方，采用手摸的方式，感受窗框的表面是否有划痕与坑洼处。每一处空间的窗框都需检查，不可漏查。

要点须知

检查时，切记不要撕掉窗框的保护膜，否则，在后期的装修中容易损坏窗框的表面。

检查窗户紧闭时的密封性

① 主要检查窗户的密封条，用手轻轻拉拽窗户的密封条，看粘贴得是否牢固。

② 在紧闭窗户的情况下，脸部贴近窗缝的位置，感受是否有风吹动。

③ 观察窗户与墙体连接的位置，白色胶条的粘贴是否连贯，有无漏胶。

窗户的密封性对后期的装修影响很大。检查时，切记不可漏查或遗忘。

窗五金件质量影响窗户的日常使用

五金件	检查方法	问题汇总
窗把手	① 反复地活动把手，看把手是否灵活 ② 转动把手时，看窗锁的移动是否协调	① 把手转动困难说明内部的五金件质量较差 ② 把手与锁的活动不协调会出现关闭窗户时不严实
窗合页	① 反复开关窗扇，听合页是否有不舒适的响声 ② 用力地左右、上下摇晃窗扇，看合页安装是否牢固	① 发出不自然响声的合页内部存在问题 ② 合页与窗扇安装不牢固会有窗扇脱落的危险

五金件外保护膜是否有划痕与磕碰是关键，如有会导致后期金属材质的氧化生锈等问题。

检测推拉门的灵活移动

反复地拉拽推拉门时，注意滑轨的位置上不应有砂粒或颗粒物，否则会损坏推拉门的轨道。推拉门的活动以不紧、不松为标准，可以保证密封性与滑轨质量的良好。

房地产开发商所提供的推拉门质量一般较差，在后期的装修中建议业主更换新的推拉门作为日常使用。

护栏检查

序号	项目	是	否
1	护栏是否牢固？栏杆螺钉是否拧紧？		
2	护栏的高度是否符合标准？		

检查护栏与墙体固定的位置

① 观察护栏的表面是否有划痕、凹陷、弯曲或变形等情况。

② 用坚硬物体敲击护栏，听声音的清脆程度。根据声音判断金属的厚度是否合格。

③ 轻微地晃动护栏，看护栏与墙体的连接处螺栓是否松动。

护栏在后期的装修中常常会被选择性地拆除，因此，不用过于关注护栏的好坏。

护栏在不同位置的标准高度

位置	标准高度
阳台	护栏的高度应高出阳台矮墙 259 毫米
飘窗	护栏高度从飘窗台面起向上 450 毫米
落地窗	护栏从地面起向上 1100 毫米
卧室窗	护栏应高出卧室窗台 250 毫米

护栏满足上述高度可保证安全性。但除去测量护栏高度外，也应测量护栏的栏杆密度。一般以 100 毫米为标准。

电路检查

序号	项目	是	否
1	电线是否符合负荷标准？（家里的电线规格不应低于2.5平方毫米，空调线规格应达到4平方毫米）		
2	各处空间的开关、插座及总电闸使用是否正常？		
3	户内有分闸的，拉闸后，分支线路是否完全断电？		
4	电表工作是否正常？		
5	各处空间的开关插座的数量是否符合设计要求？		

用卡尺测量电线的直径

① 2平方毫米电线的应用：客厅、餐厅、卧室、书房、阳台的常用插座。

② 4平方毫米电线的应用：客厅、餐厅、卧室、书房的空调插座，厨房的插座，卫生间的插座。

准确掌握电线的规格要求，可判断房地产开发商是否偷工减料。

铜芯直径/毫米	负荷标准/平方毫米
1.12	1
1.38	1.5
1.78	2.5
2.25	4
2.76	6

用手机检测各空间的插座是否正常

开关与总电闸的好用与否只需一开一关便能检测。可以利用手机的充电功能检测插座。在不同的空间，抽查几处插座，若手机充电功能正常，则说明插座没有问题。

检测插座只需一侧墙面检测一个，便能得到准确的结果，可有效地节省检测的时间[1]。

开关总闸门测分控闸门的正常使用

在入户的总闸门处，内部有不同的闸门开关。分别地开关单一的分控开关，看室内相对应空间的灯泡是否亮起。如此，可检测室内电路的分布是否标准与使用正常。

在开关闸门开关时，切记手部不可沾水，以防连电发生人身危险。

观察电表面盘上脉冲指示灯闪烁情况

切断家里配电箱内总开关或拔掉家里所有电器设备插头，确定没有设备在用电后，观察电表面盘上脉冲指示灯闪烁情况。

一般在10分钟之内没闪烁或只闪烁1次，表明电表运行正常。若指示灯多次闪烁，表明电表运行不正常。

---

[1] 建议使用工具：卡尺、测电笔或有充电提示的充电器。

开关插座计数表格

房间名称	开关 / 插座类型	数量
客餐厅	电话	
	宽带	
	有线电视	
	强电插座（普通）	
	开关	
主卧室	电话	
	宽带	
	有线电视	
	强电插座（普通）	
	开关	
次卧室	电话	
	宽带	
	有线电视	
	强电插座（普通）	
	开关	
厨房	开关	
	强电插座（防水型）	
卫生间	开关	
	强电插座（防水型）	
阳台	开关	
	强电插座（防水型）	

给排水检查

序号	项目	是	否
1	自来水水质是否符合标准?		
2	是否有足够的水压?		
3	每个排水口和地漏有无堵塞? 排水是否通畅?		
4	水表安装方向是否正确?		
5	给水排水管是否有渗漏?		

检测自来水水质

检测自来水水质时，最好在水龙头的下面摆放一个水桶。两点好处：其一，防止水流蔓延至整个屋子；其二，可根据水桶中的水质的好坏，判断自来水是否合格。

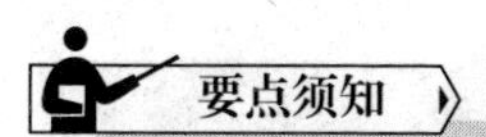

尽量将让自来水多流一会，开始时往往从水龙头先流出的水较脏，过后却很清澈。

根据水流速度判断水压

最好用压力表检测水压，但也有较方便的检测方法。可以将水龙头开到最大，看水流的速度与冲击力有多大。一般压力好的水流向前溢出的位置较远；相反，压力较弱的水流则流水缓慢，且无法向前溢出一定的位置。

测试水流时，将水龙头指向地漏的位置，防止弄得地面全是水，打理起来十分麻烦。

向地漏倒水看是否堵塞

检测地漏是否畅通，一般可以通过眼睛观察。但为了得出准确的结果，可用矿泉水瓶盛水然后往地漏里倒，水流自然下渗时说明地漏使用效果良好。

检测地漏是否堵塞时，可先将地漏的过滤网拿开，以方便观察[1]。

水表装反会导致花冤枉钱

看水表上的文字推断水表是否装反了。装反的水表会导致后期的水量计数不准确，令业主多花冤枉钱。

水表的反正直接影响家庭用水计费的多少，因此验房时需格外注意。

看给排水管的渗漏情况

在水龙头自然流水的过程中，检测外露给水管、排水管是否有漏水的状况。有些轻微的渗漏状况难以发觉，可以用手触摸水管的外壁，如有湿气或水流，则说明水管有渗漏的情况。

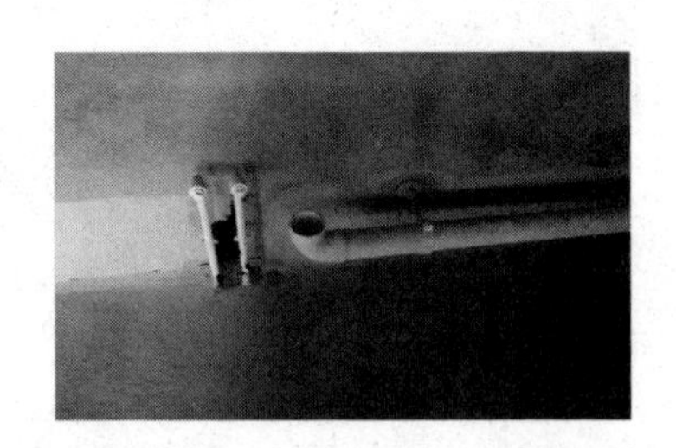

一旦发现给排水管有渗漏的问题，应及时联系物业服务企业，避免影响后期的房屋装修。

❶ 建议使用工具：水桶、压力表。

防水检查

序号	项目	是	否
1	地面是否已做防水试验?		
2	墙面是否已做防水试验?		

地面测试防水

用水泥砂浆做一个槛堵着卫生间的门口，用胶袋罩着排污/水口，再加以捆实，然后在卫生间放水，浅浅即可（约高2厘米）。约好楼下的业主在24小时后查看其家卫生间的天花板。

要点须知

主要的漏水位置：楼板处，管道与地板的接触处。

墙面测试防水

用水龙头模仿花洒喷水的方式对做过防水的墙面进行喷水。等24小时后看墙的表面有没有湿水点。如果没有，则说明墙面做防水合格，具备防水性能；如果有，则说明不合格。

要点须知

测试墙面的防水主要在卫生间的淋浴处，高度以1.6米为标准。

燃气检查

序号	项目	是	否
1	燃气管道支、吊架是否平稳、牢固？		
2	燃气开关位置是否妥当？是否工作正常？		
3	是否有燃气漏气报警装置？是否有单向截止阀门？		

晃动燃气管道检测牢固度

在轻微地晃动燃气管道时，看管道的支架与墙体固定处的螺栓是否松动。看燃气表的固定是否牢固。看固定管道的吊架数量是否充足。

燃气在室内的位置在后期是不允许移动的，因此，其本身的牢固度尤其关键。后期的检测与移动都需要专门的燃气工作人员帮助。

掌握燃气的开放方式

① 燃气阀门上有个手柄，手柄与管道平行即是打开状态，垂直则是关闭状态。如果阀门上有个长方形的主柄，其与管道平行即是打开状态，垂直则是关闭状态。

② 阀门的把手与管道呈“一”字证明是开的，呈“十”字证明是关的。另外，手柄顺时针为关，逆时针为开。

掌握燃气的开关方式，在验房结束时记得关闭，防止燃气泄漏。

烟道检查

序号	项目	是	否
1	检查排烟管道是否通畅?		
2	烟道管壁的厚度是否合格?		
3	烟道的开孔位置是否合理? 大小是否合适?		

在烟道口点燃报纸

在烟道的开孔处附近点燃报纸，或者可以利用香烟冒出的烟雾，看烟雾是否被烟道吸进去。若烟雾被快速地吸进去，说明烟道的通畅效果很好[1]。

用双手检测烟道管壁的厚度

在烟道的开孔处，用双手触摸烟道的内外两侧，感受烟道管壁的厚度。管壁的厚度不足一个手指宽，说明质量不合格。

通常检测厨房的烟道即可，其余烟道所用材质的质量与厨房的是一样的。

烟道开孔的位置应在管壁的正上方

烟道开孔的高度应满足的条件是，在后期装修中其位置可以隐藏在集成吊顶的里面。开孔的位置应靠近管壁的中央，且开孔不宜过大。

烟道开孔的大小决定后期的使用中是否会出现漏烟的情况，因此，开孔较小实际上是合理的。

---

❶ 建议使用工具：报纸、打火机。

空调检查

序号	项目	是	否
1	外墙是否有放置空调主机的地方?		
2	墙面的空调孔洞是否合理？有无遗漏?		
3	中央空调的制冷效果是否良好？有无噪声?		

查看外立面墙体的空调位置

可以在进入单元门前查看所在楼层的外立面上是否留有空调主机的摆放位置，也可在验房时挨近窗口查看。一般家用空调在客厅、两个卧室外立面都应留有放置空调主机的位置。

查看空调孔洞的高度与位置

分别在各处需要安装空调的空间检查，如客厅、卧室靠外墙一面的位置。卧室的孔洞应在上方，客厅的孔洞应在下方。孔洞不应歪斜、不规则。

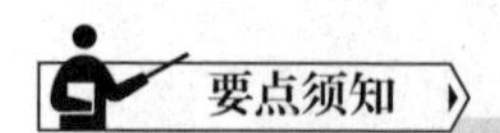

发现卧室或者客厅没有空调开孔时，不用着急联系物业服务企业，也可根据后期的装修再进行合适位置的空调开孔。

中央空调的制冷效果很重要

有中央空调的房屋，主要检测中央空调的制冷性能，并在其运行时听中央空调是否发出扰人的噪声。

地暖检查

序号	项目	是	否
1	地暖阀门的安装位置是否合理?		
2	是否做了打压试验?		

查看地暖阀门的位置

地暖阀门多数安装在厨房中靠近橱柜的一侧，后期可以隐藏在橱柜内部。如地暖阀门安装在其他位置，应注意地暖阀门是否影响后期房屋的装修。

要点须知

地暖阀门的位置是不容易改动的，其涉及地面的地暖需要重新铺设。因此，在发生问题时，应与物业服务企业进行合理协商。

要求物业服务企业做打压试验

打压试验分为五个步骤：

① 应以每一组分集水器为单位，用水压泵将地暖系统内充满水，同时把系统管道内的气体排净；

② 缓慢升压至 0.6 兆帕或系统工作压力的 1.5 倍；

③ 在升压过程中随时观察和检验地暖管路、地暖管与分集水器连接点、分集水器及其连接件等处有无渗漏；

④ 稳压 1 小时后再检查有无渗漏点；

⑤ 确定无渗漏后，将压力再升至 0.6 兆帕，观察 15 分钟，压力降到 <0.03 兆帕为合格。

要点须知

全程打压试验由工人来完成。试验完成后，没有跑漏现象，说明地暖系统良好。

成品房验收

（精装房、二手房）

水路检查

序号	项目	是	否
1	各处房间的水龙头是否均有冷热水？		
2	各处房间的地漏是否无堵塞？		
3	卫生间坐便器、花洒用水是否正常？		
4	卫生间洗手池、坐便器、淋浴房的排水是否正常？		
5	厨房水槽排水是否正常？		
6	来回开关几次阀门，看阀门是否可以打开或切断水流？		

检查水龙头的冷热水

主要包括卫生间洗手盆水龙头、厨房洗菜槽水龙头等。检测时，应看热水供给速度是否够快。若发生水龙头许久才出热水的情况，说明室内的热水供给环节存在问题。

要点须知

洗衣机的水龙头是可以不提供热水功能的，因此，发现洗衣机水龙头没有热水不用惊讶。

检查淋浴花洒的水温控制

对于卫生间内的淋浴花洒，应不断地转动开关的幅度，用以检测花洒的水温控制是否合理。

检查地漏排水

向地漏中倒水时，还可顺便检查一下水封部分或机械防臭设施是否起作用，若不能防臭，将严重影响心情和身体健康。

地漏是连接排水管道系统与室内地面的重要接口，作为住宅中排水系统的重要部件，它的性能好坏直接影响室内空气的质量，对卫浴间的异味控制非常重要。

电路检查

序号	项目	是	否
1	各空间的灯具开关是否正常?		
2	各空间的插座使用是否正常?		
3	各空间的电话、网络、电视、音响使用是否正常?		
4	将空间内大功率的电器同时打开，是否跳闸?		

检查插座、网络及电视线

大多数的插座用充电宝等工具便可检查出插座的通电情况[1]。但像空调插座、厨房插座、卫生间热水器插座、网络及电视线等最好用相应的电器检查，这样可以确定空调、厨房、卫生间热水器的插座是否为 4 平方毫米的线。

插座的材料质量同样是值得关注的。插座质量差会影响后期的使用。

打开大功率电器检查供电稳定性

大功率电器包括空调、冰箱、热水器、电磁炉等。将这些电器同时打开，看室内的电路运行是否稳定。若发生断电的现象，则说明断路器容量配小了，需及时更换断路器，否则会发生烧坏电路的危险。

测试时，最好不要将灯具一同打开，因为灯具在突然断电的情况下容易发生变压器烧坏的情况。

---

❶ 建议使用工具：充电宝。

瓷砖检查

序号	项目	是	否
1	瓷砖是否有刮痕、缺口?		
2	瓷砖是否有裂纹、裂缝?		
3	瓷砖与瓷砖间的缝隙是否均匀?		
4	瓷砖铺贴的平整度是否合格?		
5	瓷砖铺贴是否有空鼓?		

检查瓷砖表面的污渍与刮痕

瓷砖铺贴过程中，容易因施工不慎而刮花或损坏瓷砖。验收的时候，首先要查看瓷砖表面是否出现刮痕或难除去的污渍，砖面是否有破碎崩角的现象。

要点须知

若发现瓷砖有破碎崩角的现象，应当联系交房方，更换新的瓷砖。

利用自然光线检查瓷砖裂缝

选择白天有自然光照射情况下，用眼看和手摸的方法，检查砖面是否有裂纹或裂缝。裂纹是指砖面表面有裂开，但瓷砖底部是完好的，用手触摸有轻微割手的感觉;裂缝是指整块砖面从表面到底部开裂，手摸有明显割手的感觉。

要点须知

若发现瓷砖有裂纹或裂缝，应当联系物业服务企业，更换新的瓷砖。

观察瓷砖间的缝隙是否过粗或过细

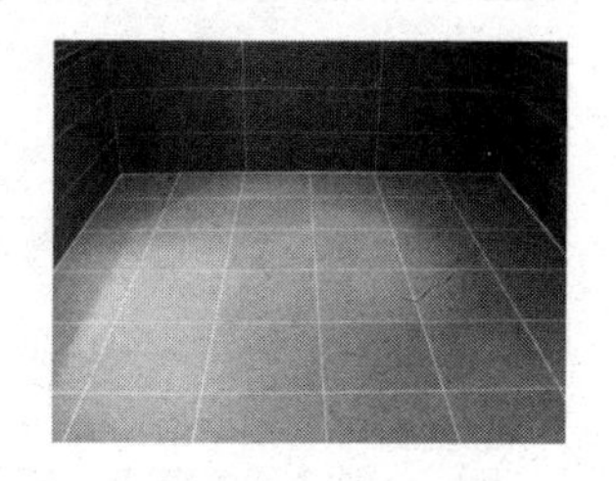

验收时需要检查瓷砖间的缝隙是否均匀漂亮。无缝砖缝隙应为 1~1.5 毫米；普通砖和石材一般留缝 1.5~2 毫米；仿古砖或特殊设计可留缝 5 毫米。此外，还要检查瓷砖边的收口是否严实。

要点须知

瓷砖之间留有缝隙是为了应对瓷砖热胀冷缩的问题，以及确保瓷砖铺贴效果的平直。

手摸缝隙检测瓷砖平整度

在没有合适的工具协助检测的情况下，可用双手触摸瓷砖与瓷砖的连接处，感觉瓷砖之间的高低落差。这种方法可配合双眼进行大面积的观察，然后用双手局部检查，测出瓷砖的平整度。

要点须知

瓷砖在铺贴的平整度上一般不会出现问题，因此，利用上述方法检查不同空间的四角即可。

检查瓷砖空鼓

用响鼓锤进行敲打，选择瓷砖表面 4 个角和中间这 5 个点，如果声音清脆，则证明有空鼓，如果声音是发闷的，则证明没有空鼓。空鼓率是有标准的，地面砖的空鼓率要控制在 3% 以内，墙面砖的空鼓率要控制在 5% 以内。

要点须知

空鼓易产生于边角和小块砖处，检验时需特别注意这些位置。

地板检查

序号	项目	是	否
1	地板的颜色是否一致?		
2	地板的表面是否有划痕、蛀眼与明显缝隙?		
3	地板是否有鼓包、变形?		
4	踩踏地板时是否有声响?		
5	踢脚线的接缝处是否严密?		
6	地板表面是否平整?		

对比地板的颜色变化

借助自然光线，观察同一房间的地板的色差是否明显。如几块地板之间存在轻微的色差，可忽略不计；若地板色差出现的面积较大，且成片地出现，则需要联系交房方进行更换。

对于地板的色差变化，只需比较同一空间内的变化，并不需要对比不同房间内的地板色差变化。

听地板的踩踏声响是否异常

检查地板的声响是否正常时，最好穿硬底鞋或高跟鞋。在铺设地板的房间反复地走动，听踩踏地板时的声响是否有异常。若地板发出的声音较闷、没有回声，则说明地板的质量良好，若发出的声音很空洞，且踩踏下去又会轻微地晃动，说明地板的加固存在问题。

地板的声响异常不可轻易地忽略过去，因为发生的问题是在地板固定的环节，会严重影响地板的使用寿命。

地板的各类细节问题

划痕		划痕经常是在地板铺贴时，由于工人的保护不当产生的。这类问题不易发现，在检查时应仔细地观察。若划痕的面积小，进行修补即可；如面积较大，则应重新更换地板
蛀眼		一般蛀眼的情况多发生在竹木地板上。在地板的某个位置上有类似虫蛀出的很小的虫洞。检查时发现这类问题，若所在位置偏僻且面积较小，则可忽略；若虫洞的面积较大、分布密集，则应及时更换，以免影响到其他地板
明显缝隙		明显缝隙是由于地板铺装不合格造成的。明显缝隙容易积落灰尘，且很难打理，时间久了还会影响地板的使用寿命。这类问题不用更换地板，只需工人维修矫正即可
鼓包		鼓包常发生在复合地板上，在地板的边角处凸起一块块的包痕。这类情况常是由地板浸水导致的，无法维修。发生这类问题只能更换新的地板

检查踢脚线的接缝处

踢脚线的接缝处检查有两点：其一是观察踢脚线与木地板的连接处是否有明显的缝隙；其二是观察踢脚线与踢脚线连接处缝隙是否吻合。

踢脚线的接缝处不严密，在后期的使用中，缝隙内容易积落水渍与灰尘，缩短踢脚线的使用寿命。

检查地板表面平整

地板应平整，无起拱、变形、翘曲现象。可使用2米靠尺和塞尺进行验收，标准是每2米内误差值在0.3毫米内。

检查地板表面平整

项目	要求	检查方法
表面平整度	≤3.0毫米/2米	2米靠尺或钢尺
拼装高度差	≤0.6毫米	塞尺
拼装离缝	≤0.08毫米	塞尺
地板与墙间的间隙	8～12毫米	钢尺

墙漆检查

序号	项目	是	否
1	墙漆是否有流坠现象?		
2	墙漆的墙面覆盖力是否良好?		
3	墙漆是否有起皮、脱落现象?		
4	墙漆是否有起泡现象?		
5	墙漆是否有开裂现象?		

看墙漆的流坠

流坠是指墙漆在墙面上向下滑落形成凝固的水珠状。流坠现象常常是成区域发生的，是一种容易发现的墙漆涂刷问题。

要点须知

少量的墙漆流坠，用平铲便可维修好，不是较严重的问题。

看墙漆的起皮、脱落

指墙漆呈块状凸起、脱落。一般发生在靠近外墙一侧的墙面、靠近卫生间或湿气大的墙面。因这类现象较为明显，轻易便可检查到。

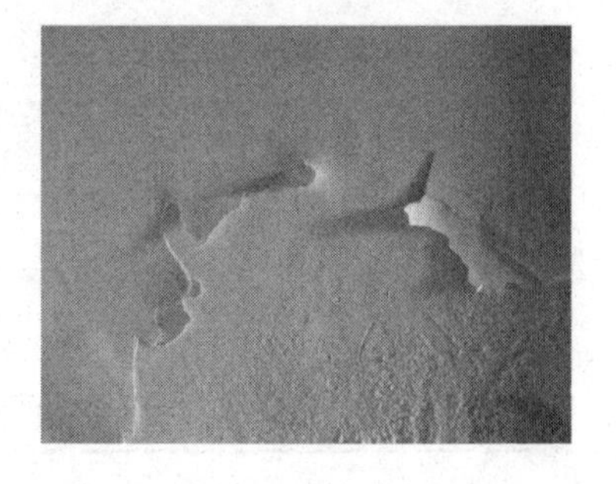

发生墙漆起皮、脱落的现象需要联系交房方安排工人进行维修。

看墙漆的起泡

产生原因主要有：墙面基底水分过高，水分向外扩散时其压力把漆膜鼓起；土建时的防水处理差，导致水分通过裂缝或未上漆基面进入墙体另一面的基底，或有漏水，扩散时破坏漆膜。

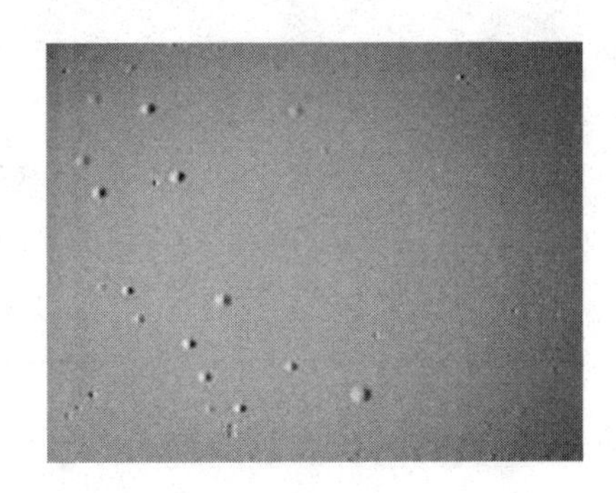

要点须知

起泡说明墙面的防水出现问题，所以只维修墙漆表面的起泡是不够的，要从根本治理。

看墙漆的开裂

墙漆上产生线状、多角或不定状裂纹。问题产生的原因可能是一次涂刷过厚或未干重涂；墙面基底过于疏松或粗糙；施工时温度过低；底漆与面漆不配套。

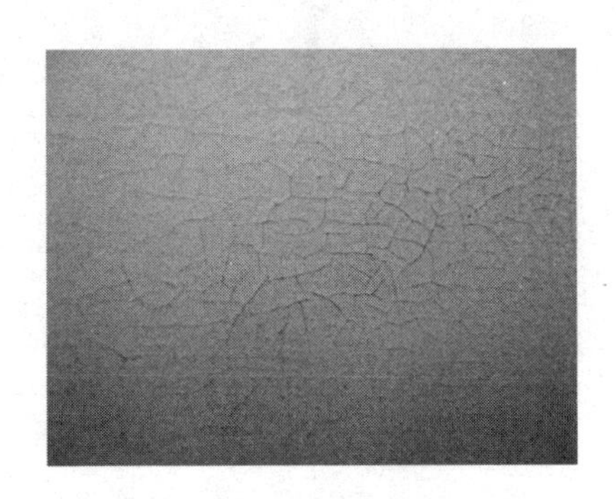

开裂的问题需要联系交房方安排工人进行维修。

壁纸检查

序号	项目	是	否
1	壁纸是否有气泡、翘边、褶皱和斑污等现象?		
2	壁纸与壁纸相交处的花纹、图案拼接是否吻合?		
3	壁纸的阴、阳角是否垂直、棱角分明?		
4	壁纸与门套、开关插座、墙面造型处衔接是否严密?		

壁纸的各种细节问题

气泡		这是因为粘贴壁纸时中间进入空气所致。有些小的气泡现象不好分辨，检查时可用双手从一侧到另一侧按压墙面壁纸，气泡的问题便可轻松地检查出来
翘边		一般发生在壁纸的接缝处，由于衔接时胶的黏结不牢固所致。这类问题较容易发现，检查时多注意壁纸的接缝处是否粘贴牢固即可
褶皱		由于壁纸的质量较差且施工不合格导致褶皱现象的产生。对于这类问题，检查时应认真仔细，因为不易发觉。一旦发现问题，则这部分的壁纸需要撕掉，更换新的壁纸
斑污		经常是壁纸胶凝结在壁纸的表面形成的。这类问题检查出来并不难，因为壁纸表面的斑污是很明显的。这类问题只有更换新的壁纸才可解决

要点须知

以上四类问题是壁纸的常见问题。前两种不需更换壁纸便可解决，但后两种则需要更换新的壁纸才能解决。因此，检查时应仔细。

检查壁纸接缝处的对花好坏

检查带花纹或造型纹理的壁纸时，注意壁纸与壁纸间的接缝处，看壁纸花纹的对接吻合程度。对花问题发生在墙面中间的衔接处，则需将壁纸重新粘贴；若问题发生在墙面边缘的棱角处，则可忽略。

要点须知

壁纸对花的好坏说明了施工的水准高低。一旦发现问题，则整面墙的壁纸都需要更换。

检查壁纸的棱角处

对于壁纸涉及阴角、阳角的地方，应格外地进行仔细检查。看阴、阳角位置的壁纸粘贴是否牢固，垂直度是否良好。

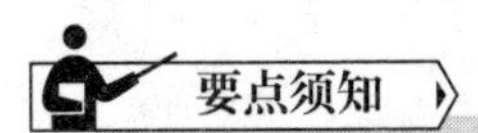

阴、阳角粘贴不牢固会发生在碰触到壁纸时阴、阳角变形，严重时，壁纸会因此开裂或发生褶皱。

吊顶检查

序号	项目	是	否
1	石膏板吊顶的表面是否平整？有无弯曲、起浪等现象？		
2	造型吊顶的边角处是否平直？		
3	石膏板吊顶灯具开孔与分布是否合理？		
4	石膏板吊顶与墙面的阴、阳角是否平直、无歪斜？		
5	集成吊顶的金属板是否无翘角、碰伤？		
6	集成吊顶的收边线是否平直？玻璃胶有无漏粘？		

利用光线检查吊顶的平整度

检查石膏板吊顶时，利用室内的自然光线观察吊顶是否有起浪或是弯曲的现象。利用这种方法检查大面积的平面石膏板吊顶效果较为理想；造型顶的检查则要根据吊顶与墙面的垂直度进行判断。

除去吊顶的平整度外，还要细心观察石膏板吊顶的板材接缝处，乳胶漆涂刷得是否无缝隙。

吊顶造型处的边角要平直

检查造型顶时，主要是观察造型顶边角处的细节处理。首先，看边角是否平直，有无歪斜、弯曲等情况；然后，看边角处的乳胶漆涂刷是否均匀，有无流坠、结块等现象。

要点须知

边角处的施工好坏说明了吊顶施工水平的高低。因此，可根据造型顶的边角处理判断房屋整体木作施工的水平。

看吊顶灯具分布的位置

这里主要检查镶嵌在吊顶内部的筒灯、射灯的分布。观察筒灯的分布是否在同一条直线上，筒灯与筒灯之间是否保持相同的距离。一般相邻筒灯之间的距离保持在 900 毫米是较为理想的。检查时，可根据这个距离判断吊顶灯具分布的合理性。

在检查时，也可将吊顶上的筒灯及射灯打开，看光斑照射下来的均匀度判断吊顶灯具分布的合理性。

检查吊顶与墙面的垂直度

检查石膏板吊顶与墙面的垂直度有两点：一是看吊顶与墙面是否成 90 度角；二是看吊顶与墙面相交处的阴角是否平直，有无弯曲的情况。

若发现吊顶与墙面的阴角弯弯曲曲，则需联系交房方安排工人进行修补。

看集成吊顶的铺贴情况

检查集成吊顶的时候，可以从大面观察金属板的边角处是否有翘边、凸起等状况；也可以将集成吊顶拆卸下一块，检查金属板与轻钢龙骨的固定程度。若拆卸时很困难，说明集成吊顶的整体质量优秀。

检查集成吊顶是否有拼接错误，不可忽略花型的拼贴。

灯具检查

序号	项目	是	否
1	所有灯具是否无磕碰、损坏等问题?		
2	筒灯、射灯、灯带是否可以正常开关?		
3	吊灯的下吊高度是否合理?		
4	吸顶灯的安装位置是否合理?		
5	卫生间浴霸灯具使用是否正常?		

检查灯具的完好度

主要检查造型复杂的吊灯、吸顶灯等，如吊灯的装饰挂件是否完好、灯泡是否无缺失。检查筒灯、射灯的金属表面是否有划痕、磕碰的现象。

检查吊灯时最好有吊灯的安装图纸，以此可以确保吊灯的零部件没有缺失。

试开关每一个灯具

分别打开每一个房间内的灯具，看随着开关的闭合，灯具的亮灭是否正常。检测吊灯及吸顶灯时，应将每一级灯光亮度都测试一遍；检测筒灯、射灯及灯带时，应注意灯光的亮灭是否有延时。若有延时，说明灯具的质量较差。

检测灯带时，应反复地多开关几次，因为灯带常会发生亮灭不正常的情况。

吊灯的下吊高度不应磕碰到头部

检查吊灯高度时，可以从吊灯的底部走过，看头部是否会磕碰到吊灯的底端。另外，如果吊灯的底部有茶几或者餐桌等家具，则不用担心吊灯的下吊距离过低。

吊灯的下吊距离主要看两个方面：一是看是否阻碍人的走动；二是看是否阻碍人的视线。

看卧室吸顶灯的安装位置

检查卧室的吸顶灯，应看吸顶灯的安装位置是否安排在吊顶的中间；看吸顶灯的位置是否在床具的正上方。

吸顶灯忌讳安装在床具的正上方，以免刺激人的眼睛。

不可忽略的卫生间浴霸及灯具

打开卫生间的浴霸及灯具，然后等一段时间进去感受卫生间的温度是否有明显的上升，同时检查卫生间的排风效果是否良好，噪声是否明显。

主要看浴霸的制热效果，升温越快，说明浴霸的品质越好。

套装门检查

序号	项目	是	否
1	套装门表面是否有划痕、磕碰或掉漆现象?		
2	套装门的门套安装是否牢固?		
3	套装门的五金件使用是否灵活?		
4	推拉门的滑动是否轻松?		
5	推拉门是否容易晃动?		

检查套装门的表面完好度

检查时，主要检查套装门的边角处是否有磕碰掉漆的情况。门上侧的位置不易检查，可利用镜子反射的原理，看镜子内反射的门边，判断套装门是否完好。

有些表面贴皮的套装门，检查时应用手触摸门板的表面，感受是否有表皮起泡或粘贴不牢的现象。

看门套与墙体接触处玻璃胶的密封程度

首先，用力晃动门套，看门套的固定是否牢固；然后，看门套四周的玻璃胶的粘贴是否均匀、有无漏刷的情况。

用手按压玻璃胶的位置，若玻璃胶向内凹陷，说明门套与墙体的密封不严密。

检查套装门的五金件

① 转动门把手。反复地转动套装门的把手，看把手的转动是否灵活、有无阻塞的感觉。

② 开合门扇。检测合页的质量好坏，用手轻推门扇，若门扇轻易地开合，说明合页的质量较好。

③ 看门吸的吻合程度。打开套装门，看靠到门吸时是否很紧实、固定是否牢靠。

五金件的质量决定着套装门的使用寿命，因此检查时需仔细。

反复滑动推拉门

反复滑动推拉门的目的是检测推拉门的滑轨与滚轮的质量好坏。滑动时，感觉推拉门滑动轻松、无阻塞感，说明推拉门的质量较好；反之，说明推拉门的滑轨质量较差，时间久容易损坏。

推拉门有上滑道与下滑道之分，上滑道的使用耐久度要比下滑道的好。

晃动推拉门

检查时，晃动推拉门的目的是看推拉门与轨道的固定是否严密。若推拉门的晃动很明显，在以后的使用中容易发生推拉门脱离轨道的危险。

晃动时不可太过用力，只需轻微晃动便可检查出推拉门的质量。

厨卫检查

序号	项目	是	否
1	台盆的高度是否合理?		
2	坐便器的两侧是否留有足够的空间?		
3	洁具的质量是否过关？		
4	厨房通风是否满足使用需求?		
5	淋浴房是否无漏水现象?		
6	橱柜的台面大理石是否平滑?		
7	橱柜的柜体开关是否顺畅? 柜体内部是否有异味?		

检测台盆的高度

最好的检测办法是亲自使用台盆。感受在使用台盆时，身体是否感觉舒适，洗手洗脸是否方便。若洗脸时感觉弯腰乏累，说明台盆的高度太低了。

检测坐便器两侧的空间

理论上，坐便器两侧应留有200毫米的距离，以方便使用。而在实际验房时，可以亲自坐在上面感受，看两腿的摆放是否受到周边物体的影响。

将坐便器两侧留有空闲的位置，可以方便摆放纸篓。

检查洁具的质量

检查卫生间厕、浴具是否有裂痕，浴缸、坐便器、洗脸池等是否有渗漏现象，裂痕有时细如毛发，要仔细观察。另外验收坐厕时要看下水是否顺畅，冲水声响是否正常、冲厕水箱有无漏水声，浴缸、面盆与墙或柜的接口处防水是否妥当。

观察厨房通风问题

厨房是烹调食物的场所，油烟气味比较大，所以厨房的通风一定要符合使用需求。观察厨房通风窗户的面积，窗户面积为厨房使用总面积的1/10，例如厨房室内面积为10平方米，那么开启窗户面积应为1平方米。另外，厨房排烟孔直径是15厘米，达不到时无法安装，验收时要仔细测量。

检测淋浴房的密封性

用花洒来喷淋浴房的两边，测试它打胶是否很严密、是否渗水[1]。检查时可以用花洒一直去淋两边和门，看它有没有渗水的情况。淋浴屏门的细条一定要很严密、顺直，然后用花洒来淋水试一下有没有渗水的情况发生。

[1] 建议使用工具：淋浴花洒、自来水。

看大理石台面的边角细节处理

用湿抹布擦拭大理石台面，看水珠是否下渗。一般好的大理石台面水渍是成片出现的，而不是散落成一个个的水滴状。然后，看台面的棱角处理是否圆滑，用手触摸无磨砂感。

要点须知

选用的湿抹布最好不带油渍，否则，等台面晾干后，油渍很难去除。

听橱柜柜门开关时的声响

反复地开关橱柜柜门，看橱柜的开合是否容易，听开合时是否发出难听的响声。这样可以检测出橱柜的合页质量是否达标。

闻橱柜柜体内部的味道

因为橱柜内部通常是由板材合成的，因此难免会有环保不达标的情况。打开橱柜的门板，然后闻内部的气味是否正常。如有刺鼻的异味，说明橱柜的甲醛含量很可能超标了。